Veronica Hazelhoff, *1947, ist eine bekannte holländische Kinderbuchautorin. Über sich selbst sagt sie: »Ich wollte immer schreiben. Aber weil ich gut im Umwegemachen bin, habe ich erst die Kunstakademie besucht, danach habe ich geheiratet, eine Tochter bekommen ... und alles mögliche gemacht. Bis der Moment kam, in dem ich mir sagte: Du wolltest doch schreiben! Dann mach das mal. – Und jetzt schreibe ich.« – Für dieses Buch wurde Veronica Hazelhoff 1982 mit dem »Silbernen Griffel«, dem holländischen Jugendbuchpreis, ausgezeichnet. – Bei rotfuchs gibt es außerdem von der Autorin: »So ein Luder!«, »Au verdammt!«, »Fenna« und »Als wäre nichts passiert« (rotfuchs 536, 543, 516, 640).

Joep Bertrams, *1946, studierte an der königlichen Kunstakademie in Den Haag. Er illustrierte Gedichte, Erzählungen und Artikel in Büchern und Kinderzeitschriften. Seit 1983 ist er bei der Zeitung »Het Parool« als Illustrator tätig, außerdem gibt er Zeichenunterricht an einem Gymnasium. Für seine Illustrationen in dem Buch »Salamanders vangen« (Salamander fangen) wurde ihm der Illustratorenpreis »De zilveren Penseel« zuerkannt.

Veronica Hazelhoff

Mensch, Mama!

Tochter-Geschichten

Deutsch von Mirjam Pressler

Bilder von Joep Bertrams

rororo

Rowohlt

rororo rotfuchs
Herausgegeben von Ute Blaich und Renate Boldt

31.–34. Tausend Juni 1995

Veröffentlicht im Rowohlt Taschenbuch Verlag GmbH,
Reinbek bei Hamburg, Dezember 1988

Titel der Originalausgabe: Nou Moe!

Umschlagillustration Joep Bertrams
rotfuchs-comic Jan P. Schniebel

Gesamtherstellung Clausen & Bosse, Leck
Printed in Germany
890-ISBN 3 499 20522 x

Ein Kamel, zwei Bären und der grüne Tiger

»Ein Scheißzimmer ist das geworden«, schreit Maartje wütend. »Ein ganz scheißiges Mädchenzimmer. Und es stinkt ekelhaft.«
»Das ist doch bloß die Farbe«, sagt ihre Mutter. »Schön frisch riecht das. Und es war wirklich höchste Zeit für die Wände. Die Flecken und Risse haben schlimm ausgesehen.«
Maartje ist traurig. Sie schaut auf die sauberen weißen Wände. Sogar ein paar Tierbilder haben die Eltern aufgehängt.
»Die schönen Risse«, sagt Maartje. »Manchmal haben sie wie Bären ausgesehen und manchmal wie Vögel. Jetzt habe ich gar nichts mehr zum Anschauen, wenn ich im Bett liege. Außer diesen doofen Bildern.«
Ihre Mutter seufzt. »Ich habe gedacht, sie gefallen dir.«
»Tun sie ja auch. Aber nicht bei mir an der Wand.« Maartje reißt eine Ecke von einem Bild ab.
»Hör auf!« sagt ihre Mutter böse. »Papa und ich haben die halbe Nacht hier gearbeitet. Als Überraschung für dich.«
»Wirklich toll!« Maartje schluchzt. »Da fahre ich einmal in den Osterferien weg, und wenn ich zurückkomme, ist mein Zimmer ganz anders. Ein Scheißzimmer ist es jetzt.«

Ihre Mutter zuckt mit den Schultern. »Vielleicht gewöhnst du dich dran. Ich geh inzwischen einkaufen. Du nervst mich.«
Maartje weint. »Du nervst mich auch.« Schluchzend wirft sie sich auf das Bett.
Als die Mutter das Zimmer verlassen hat, hebt Maartje den Kopf und schaut sich um. Vielleicht kann es doch so bleiben?
Aber es kann nicht!
Das Zimmer paßt einfach nicht zu mir, denkt Maartje. Oder ich passe nicht zu dem Zimmer.
Sie reißt noch ein Stück von dem Bild ab. Und noch eins. So sieht es schon viel besser aus.
Und dann hat Maartje eine Idee. Eine gute Idee. Sie geht hinunter in den Schuppen. Dort steht ein Topf mit Farbe. Knallgrün. Eigentlich ist sie für den Gartenzaun gewesen. Ihrem Vater hat die Farbe damals

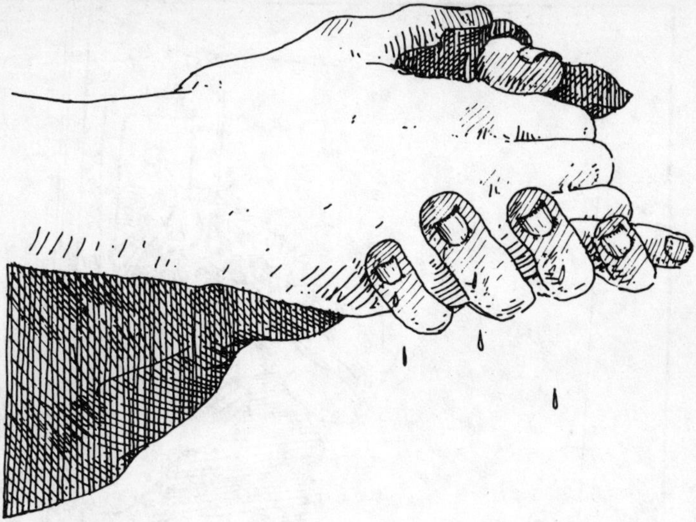

gut gefallen, ihrer Mutter nicht. Deshalb ist der Topf noch voll.
Maartje nimmt ihn mit hinauf und malt mit den Fingern Tiere an die Wand. Ein Kamel, zwei Bären und einen Tiger.
Besonders gut werden sie nicht. Deshalb schreibt Maartje einfach noch die Namen dazu. Auch grün.
Als sie fertig ist und ihre Finger an einem alten Pullover abgewischt hat, setzt sie sich auf das Bett.
Es ist wirklich ein sehr grünes Grün.
»Au! Meine Augen!« sagt sie laut. »Gewöhnt euch bitte schnell dran.«
Von unten ruft ihre Mutter: »Maartje! Maartje!«
Sie kommt die Treppe herauf. Ihre Holzpantinen klappern laut.

PATS

»Hast du dich schon daran gewöhnt?« erkundigt sie sich fröhlich, als sie die Tür aufmacht.
Stocksteif bleibt sie stehen und starrt die Wand an.
»Hilfe!« sagt sie dann ganz traurig. »Hilfe!«
Wenn sie jetzt nur wütend geworden wäre. Aber sie setzt sich auf das Bett und weint.

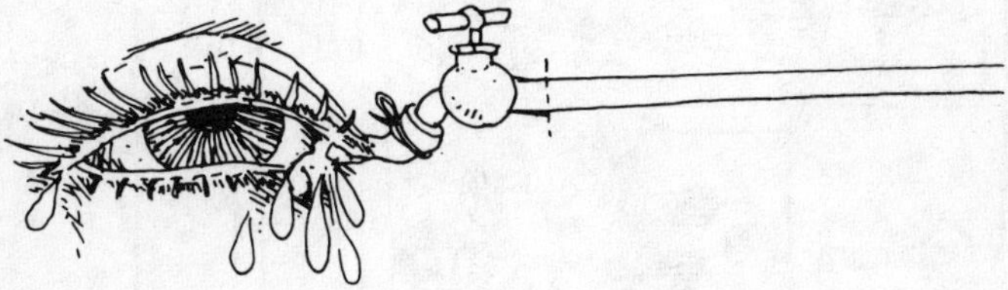

»Die ganze Arbeit umsonst. Und dann diese Farbe! Für den Gartenzaun war sie schon zu scheußlich. Und jetzt ist sie bei dir an der Wand!«

Was fängt man mit einer heulenden Mutter an? Maartje klettert ihr auf den Schoß und kuschelt sich in ihre Arme. So wie früher.
»Ich hab mir die Augen verstaucht«, sagt sie dann.
»Was hast du?« fragt die Mutter.
Aber sie hört wenigstens auf zu weinen.
»Jawohl, verstaucht«, wiederholt Maartje. »Und ich sehe Sternchen.«
Ihre Mutter putzt sich die Nase.
»Das geschieht dir recht. Sag mal ehrlich, findest du das wirklich schön?«
Maartje betrachtet die grünen Tiere. Sie blinzelt.
»Ja«, sagt sie dann bestimmt. »Jetzt ist es wenigstens wieder *mein* Zimmer.«

Ihre Mutter putzt sich noch einmal die Nase. »Ich weiß nicht, was ich tun soll«, sagt sie. »Lachen oder weinen.«
»Geweint hast du schon«, sagt Maartje und gibt ihr einen Kuß.
»Das stimmt«, sagt die Mutter. »Fehlt noch lachen. Aber das dauert noch ein Weilchen.«
»Wie lange noch?« fragt Maartje und fummelt an Mutters Ohrring.
»Au, Maartje, mein Ohr! Wie lange noch? Na ja, vielleicht morgen. Oder nächste Woche.«
»Mensch, Mama, so lang kann ich nicht warten«, sagt Maartje. »Davon bekomme ich Wachstumsstörungen.«
»Du bist verrückt.« Ihre Mutter fängt an zu lachen. »Was soll ich bloß mit dir machen?«
»Tee trinken«, sagt Maartje.
»Das ist eine gute Idee. Aber bitte unten. Hier fange ich an zu schielen.«
An der Tür schaut sich die Mutter noch einmal um, schüttelt den Kopf und reibt sich die Augen.
»Tiger schreibt man nicht mit ie, Maartje!« sagt sie dann.

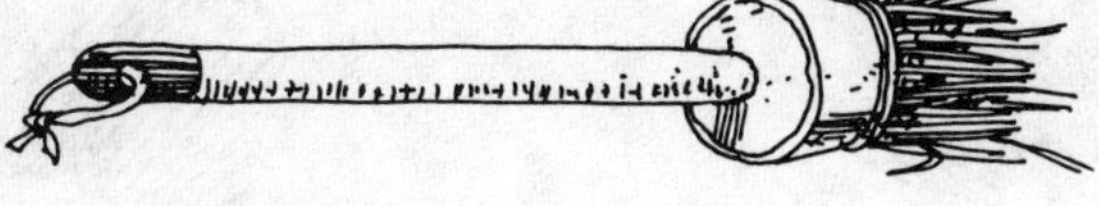

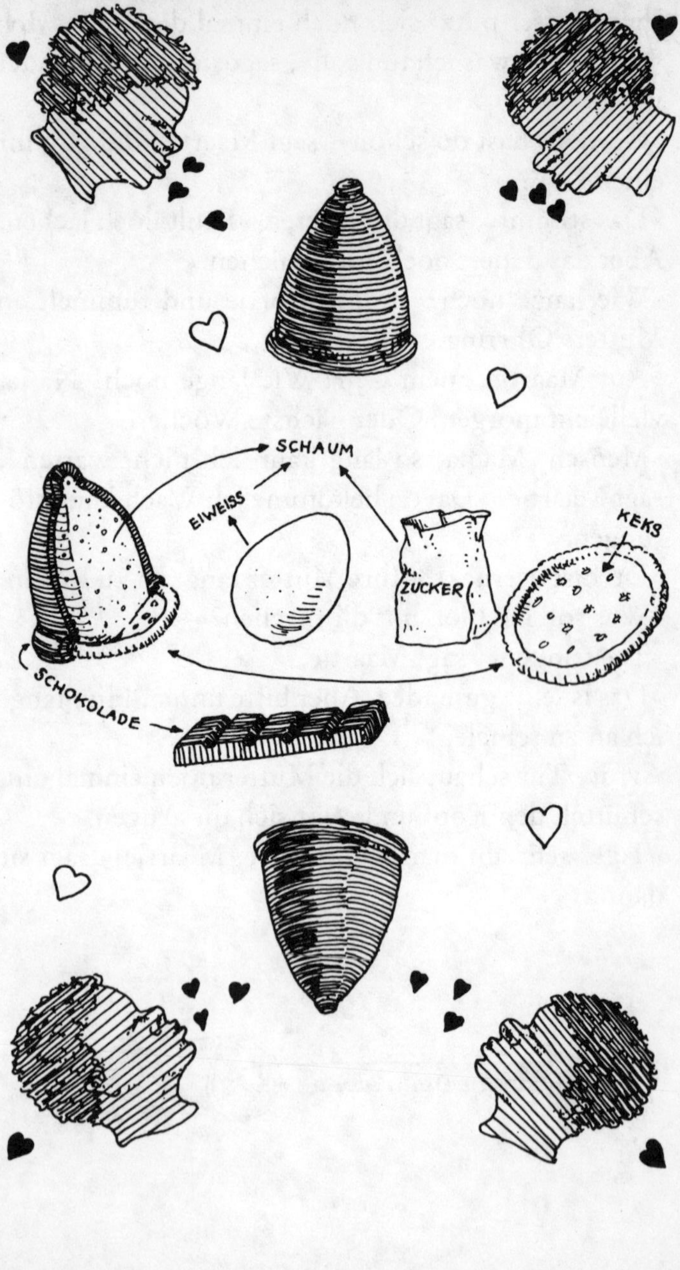
SCHAUM
EIWEISS
KEKS
ZUCKER
SCHOKOLADE

Verknallt in Negerküsse

Maartje ist in Michel verliebt. Richtig verknallt. Immer wieder muß sie zu ihm hinschauen und hofft, daß es niemand merkt. Aber in der Pause fragt Gaia:
»Bist du verknallt in den Michel?«
»Ich? In den doch nicht. Der ist doch blöd.«
»Ich hab's aber genau gesehen«, sagt Gaia.
Und wie das so geht, innerhalb kürzester Zeit wissen es fast alle.
Und dann haben Maartje und Michel auch noch Klassendienst zusammen. Sie fegen und sagen nichts. Bis Michel sagt: »Ich geh ins Judo.«
»Wirklich?« antwortet Maartje. Mehr fällt ihr nicht ein, und sie gehen nach Hause.

Gegen Abend sagt die Mutter: »Bringst du mal eben das Päckchen Kaffee zu Frau Grün? Dein Papa muß ja mal wieder Fußball anschauen. Und bedank dich fürs Ausleihen.«
Frau Grün öffnet Maartje barfuß und im Morgenrock die Tür.
»Hallo, Maartje. Ich hab's mir schon bequem gemacht und wollte gerade meine Füße baden. Das stört dich doch nicht, oder? Willst du einen Negerkuß? Was? Nein, keinen echten.« Sie kichert. »Leider nicht. Warum die so heißen, weiß ich auch nicht. Aber sie schmecken prima.«
Das stimmt. Sie essen erst einen und dann noch ei-

b
n

nen, und Frau Grün plätschert dabei mit ihren Füßen in einer Wasserschüssel herum.
»So stelle ich mir das Glück vor«, seufzt sie zufrieden. »Und du?«
»Ich? Oooch, ich bin verliebt«, sagt Maartje zu ihrem eigenen Erstaunen.
»Das ist aber schön.«
»Ich weiß nicht«, sagt Maartje. »Ich fühl mich so blöd. Ich trau mich nie was.«
Frau Grün lacht. »Ich hab mich früher auch nie was getraut«, sagt sie. »Aber jetzt geht's mir ganz gut. Willst du noch einen? Ich bekomme sie sowieso billiger im Supermarkt. Und dann mußt du gehen, sonst kriege ich Krach mit deiner Mutter. Außerdem will ich lesen.«

Als Maartje aus dem Haus kommt, steht Michel da. Er hat auf sie gewartet. Vor Schreck bleibt ihr fast die Luft weg.
»Deine Mutter hat gesagt, daß du hier bist«, sagt er. »Warum bist du denn so lang bei dieser dummen Kuh geblieben?«
»Sie ist nicht dumm«, sagt Maartje. »Außerdem hat sie mir Negerküsse gegeben.«
»Was?«
»Negerküsse«, sagt Maartje.
»Ach, Mohrenköpfe meinst du«, sagt Michel. »Kommst du noch ein bißchen mit zur Zigeuner-Wiese?«
Maartje wird viel zu spät heimkommen. Trotzdem

schlendert sie hinter Michel her. Der sagt auf einmal: »Du, die Frau Grün, die arbeitet doch im Supermarkt, oder?«
»Ja, warum?«
»Weil . . .«, sagt Michel und hat einen Plan. Am Schluß sagt er: »Du und ich, Maartje. Es kommt nicht raus. Bestimmt nicht. Ich hab das schon oft gemacht.«
Maartje ist überrumpelt. So etwas hat sie eigentlich nicht vorgehabt. Aber sie ist verliebt und sagt ja.
Michel gefällt sie jetzt noch besser.
Er gibt ihr einen Kuß auf den Mund. Nicht nur so. Mit Zunge. Das ist ein bißchen eklig, ein bißchen angenehm und sehr feucht. Sie macht einen Schritt zurück. »Jetzt muß ich nach Hause.«
»Also dann bis morgen«, sagt Michel leise. »Und vergiß es nicht.«

Maartje schläft unruhig in dieser Nacht. Sie träumt

von Michel und von Küssen. Neger- und Zungenküssen. Am nächsten Morgen hat sie Bauchweh. Das wird auch in der Schule nicht besser. Vor allem, wenn Michel zu ihr herschaut.
Und beim Mittagessen kriegt sie kaum was runter, ihr ist schlecht. »Ist was?« fragt ihre Mutter. »Hast du was vor heute?«
»Nee, nichts. Ich geh auf die Zigeuner-Wiese.«
»Schön!« sagt die Mutter. »Aber hol mir erst noch ein Paket Nudeln, ja?«
Damit hat Maartje gerechnet, sie kennt ihre Mutter.

Michel wartet auf sie. An der Ecke vom Supermarkt, um halb drei.
Maartje hat das Geld für die Nudeln und eine viel zu große Einkaufstasche. Sie fühlt sich jetzt noch elender. Denkt, daß sie ganz grün aussieht.
Aber dann scheint alles gut zu gehen.
Sie nimmt die Nudeln, während Michel vorn an der Kasse Frau Grün in ein Gespräch verwickelt. Reden kann er gut. Maartje schaut sich vorsichtig um.
Auf dem Regal steht ein Stapel Negerküsse. Niemand ist zu sehen. Schwupp, ein Paket Negerküsse verschwindet in Maartjes Tasche. Nun noch an Frau Grün vorbei, die Nudeln bezahlen. Maartje stakt wie durch Sand. Eine Frau ist noch vor ihr. Die hat ungefähr sechsundachtzig Sachen in ihrem Wagen liegen. Krampfhaft hält Maartje das Geld und die Nudeln fest. Und muß dauernd an die Negerküsse denken. Die Tasche wird immer schwerer.

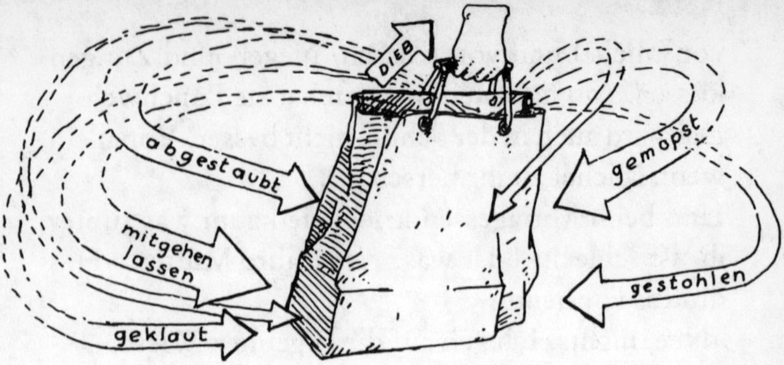

Endlich ist sie an der Reihe.
»Hallo«, sagt Frau Grün und strahlt, »wann besuchst du mich mal wieder?«
Maartje sieht, wie Michel Fratzen schneidet.
»Och . . . ja. Vielleicht bald«, flüstert sie.
Sie bezahlt die Nudeln. Will schnell zum Ausgang. Aber das geht nicht. Die Frau mit den sechsundachtzig Sachen steht im Weg und versucht, alles in eine Schachtel zu stopfen. »Hilf mir doch mal!« sagt sie zu Michel. »Beweg dich. Das wirst du wohl noch können.«
Michel zuckt mit den Schultern und fängt an, das ganze Zeug einzupacken. Zucker, Chips, Kaffee, Essiggurken, Klopapier und noch viel mehr.
Die arme Maartje kann immer noch nicht vorbei.
Als die Schachtel voll ist, fragt die Frau, ob Michel ihr nicht beim Tragen helfen kann. Jetzt ist sie viel freundlicher. Michel nimmt die große Schachtel und stapft hinter der Frau her. Maartje folgt ihnen erleichtert. Die Sonne scheint hell, und . . .
»Halt, junge Dame! Würdest du wohl einen Augen-

blick mitkommen? Oder ist das zuviel verlangt?«
Hinter ihr steht der Geschäftsführer. Er sieht zornig aus. An den hatte sie nicht gedacht. Er führt sie in ein kleines Zimmer hinter dem Laden. Der Sand scheint jetzt einen halben Meter hoch zu sein. »Mach mal deine Tasche auf! Sieh an, zwei interessante Einkäufe. Könnte ich vielleicht auch den Kassenzettel sehen?«

Maartje gibt ihn ihm. »So ein Pech! Sicher hast du einfach vergessen, die Negerküsse zu bezahlen. Machst du so etwas öfter?«
»Nein, nie«, sagt Maartje. Ihr ist heiß und schlecht. Der Mann sagt: »Weißt du, daß ich jetzt die Polizei anrufen muß? Ihr verdammten Gören denkt heutzutage, daß ihr machen könnt, was ihr wollt. Aber nicht mit mir! Wie heißt du? Wo wohnst du? Und eure Telefonnummer?«
Maartje sagt es ihm, und er nimmt den Hörer ab. »Nicht die Polizei«, flüstert Maartje. Aber er wählt schon. »Hallo, gnädige Frau, hier spricht Van Geuzen. Ich habe Ihre Tochter hier vor mir. Eine unangenehme Sache. Sie sollten . . .« Den Rest kann Maartje nicht verstehen, es rauscht in ihren Ohren.

13
4,50
0,75
NEGERKÜSSE
NUDELN

Sie warten. Von draußen kommt Radiomusik, Herr Van Geuzen klopft mit seinem Fuß den Takt. Wenn sie bloß wüßte, wo Michel ist.
Nach Stunden kommt Maartjes Mutter in das kleine Zimmer, hinter ihr her eine verstörte Frau Grün.
Auch die Mutter sieht sonderbar aus. So kennt Maartje sie nicht.
Herr Van Geuzen redet von der Polizei. Er schimpft: »Diese Lauser denken wohl, daß ich keine Augen im Kopf habe!«
Frau Grün versucht, ihn zu besänftigen: »Das war sicher ein Versehen. Ich kenne sie, ein braves Mädchen.«
Maartjes Mutter schweigt. Das tut sie sonst nie.
Und dann kann Maartje es nicht mehr aushalten. Sie kriegt keine Luft mehr, sie muß weg. Sie rennt an den drei erstaunten Gesichtern vorbei nach draußen, rennt, bis sie an der Zigeuner-Wiese ist.
Kein Mensch ist da. Michel natürlich auch nicht.
Maartje keucht. Sie setzt sich ins Gras. Sie starrt in die Luft und friert. Dann muß sie kotzen und weinen, gleichzeitig. Später steht sie auf und geht nach Hause. Sie hat einen ekligen Geschmack im Mund.
»So ist also die Liebe«, denkt sie ganz ruhig.
Sie hat keine Lust mehr auf Michel.
Und auf Negerküsse im Moment
auch nicht.
Vielleicht später.
Nächste Woche oder so.

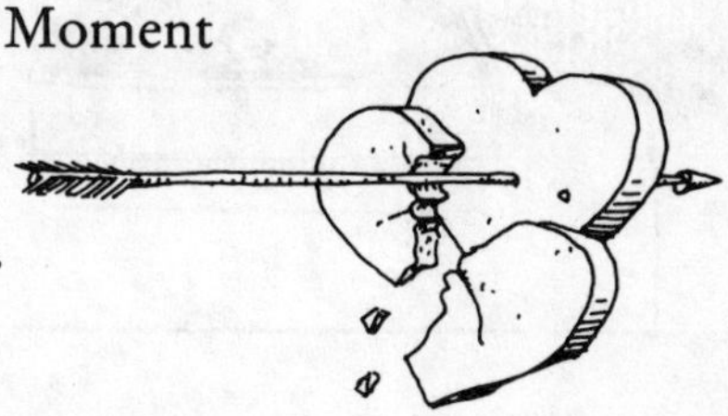

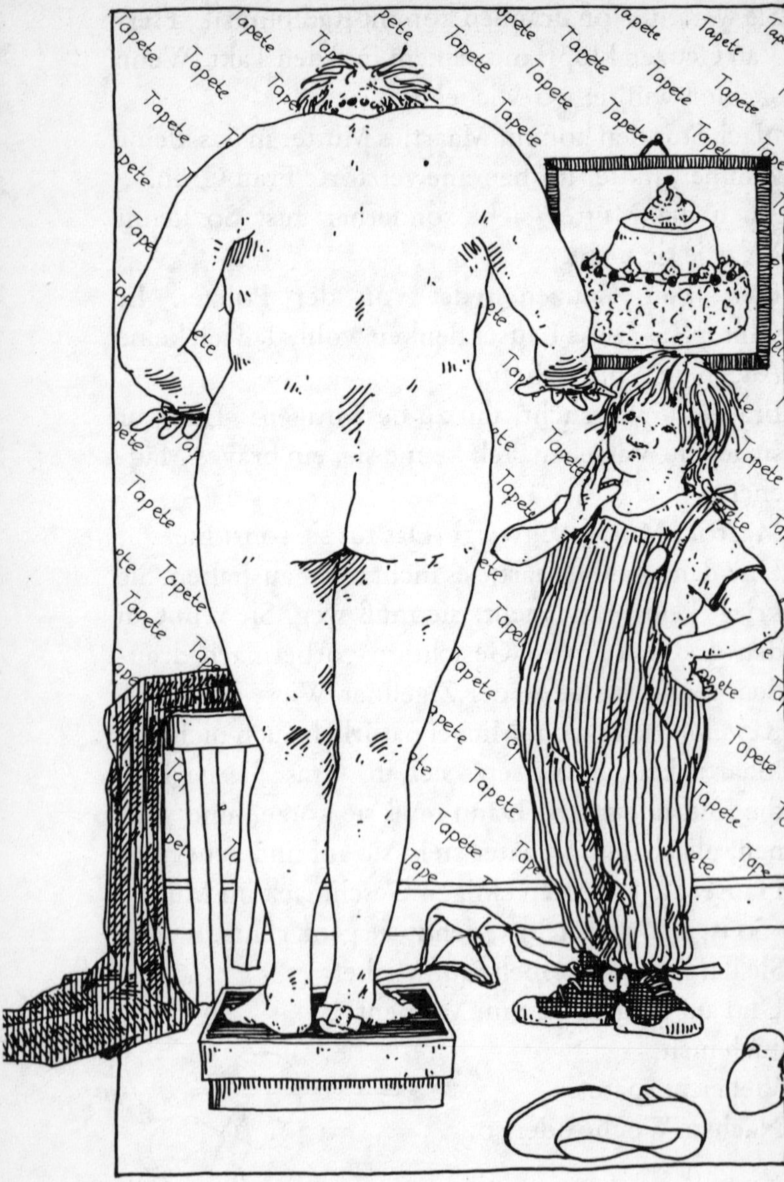
Tapete

Dick und dünn und ein paar Jeans

Maartjes Mutter steht auf der Waage. »Seh ich nicht schon viel dünner aus?« fragt sie.
»Ja«, sagt Maartje, weil ihre Mutter das hören will. Ihre Mutter findet sich nämlich zu dick.
Jetzt hat sie schon wochenlang nichts Gutes mehr gegessen, keine Lakritze, keine Pommes frites, kein einziges Stück Kuchen. Nichts. Immer nur ein bißchen Fleisch, ein bißchen Gemüse und Apfelsinen. Langweilig. Auch Maartje und ihr Vater bekommen nichts anderes. Es schadet ihnen auch nichts, findet die Mutter.
»Gehst du mit mir in die Stadt?« fragt die Mutter. »Ich will mir eine Jeans kaufen.«
Als wenn Jeans was Besonderes wären. Aber Einkaufen macht immer Spaß.
Die Mutter hat das blaue Kleid an. Maartje mag das Kleid. Es ist kuschelig, und manchmal versteckt sie sich darin, wenn sie traurig ist.

Die Musik im Laden ist laut. Bestimmt zehnmal zu laut. Die Jeans-Dame ist ganz dünn.
»Die hat's gut!« murmelt Maartjes Mutter leise. Laut sagt sie: »Ich möchte eine Bluejeans.«
»In Ihrer Größe?« fragt die Jeans-Dame erstaunt. »Na ja, vielleicht paßt Ihnen diese da.«
In der Kabine ist es eng und heiß. Maartje sitzt auf

dem Hocker, während ihre Mutter sich in die Jeans quetscht.
»Das paßt nicht alles rein«, sagt Maartje.
Die Mutter ist böse. »Kannst du nicht mal die Klappe halten?«
Stöhnend zerrt sie den Reißverschluß hoch.
»Geschafft!« sagt sie endlich stolz. Knallrot ist sie im Gesicht und ganz verschwitzt.
Die Jeans-Dame zieht den Vorhang zurück. »Paßt sie?«
»Wie angegossen«, sagt die Mutter.
Maartje findet das nicht. Überall nur Speckfalten. Aber die Jeans-Dame sagt: »Steht Ihnen ganz hervorragend.«
Hervorragend? Nur der Speck ragt hervor.
Die Mutter will auch eine neue Bluse dazu. Als sie die anhat, sieht sie aus wie eine gut gestopfte Leberwurst. Und das blaue Kleid kommt in eine Plastiktüte. Schade.
»So«, sagt die Mutter zufrieden.
»Und jetzt?«
»Eis«, schlägt Maartje vor. »Schönes kaltes Schokoladeneis.«
»Meinetwegen«, sagt ihre Mutter.

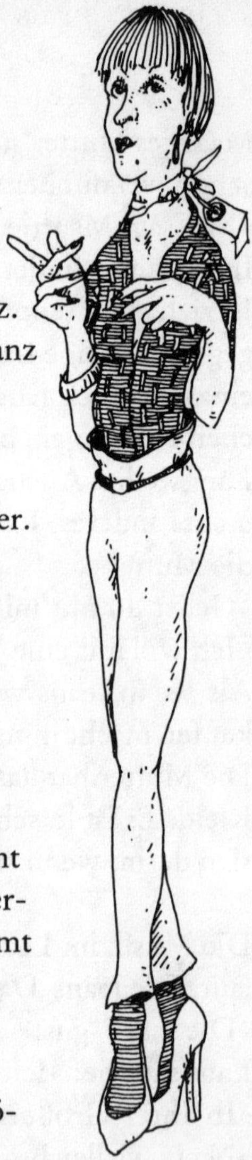

»Aber ich trinke nur einen Kaffee.«
Unterwegs bleibt sie an jedem Schaufenster stehen und betrachtet sich. »Gut seh ich aus.«
Maartje gibt lieber keine Antwort.
Als sie an einem Metzgerladen vorbeikommmen, zeigt Maartje auf die Würste im Schaufenster. »So siehst du aus. Genau so.«
Ihre Mutter wird erst rot im Gesicht, dann weiß.
Sie schleppt Maartje in ein Restaurant, bestellt eine Tasse Kaffee und ein Schokoladeneis. Dann sitzt sie da und schweigt.
Und Maartje hat auf einmal keine Lust mehr auf Eis.
Sie spielt mit dem Löffelchen herum und kleckert das Tischtuch voll.
Noch immer sagt ihre Mutter nichts.
Maartje seufzt laut und tief.
Da steht die Mutter auf, nimmt die Plastiktüte und sagt: »Warte mal. Ich bin gleich wieder da.«
Als sie wiederkommt, hat sie das blaue Kleid an.
»Mensch, Mama«, sagt Maartje.
Ihre Mutter grinst und ruft den Ober. »Kann ich noch zwei Stück Torte haben? Mit Sahne, bitte.«

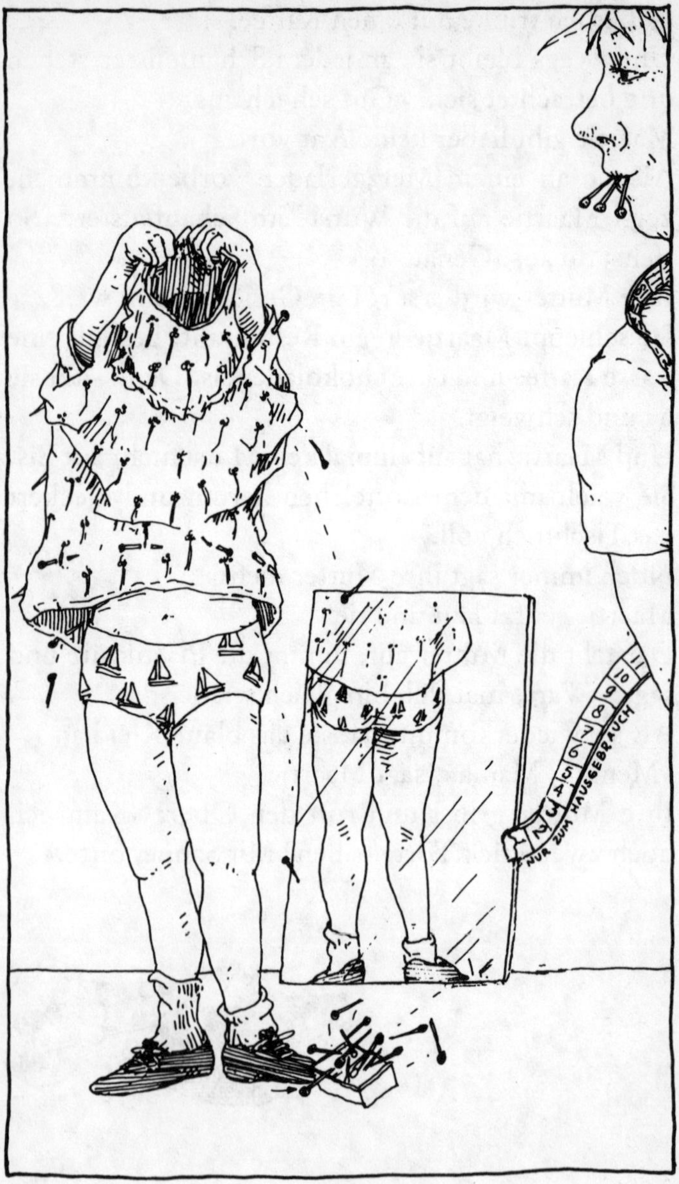
NUR ZUM HAUSGEBRAUCH

Blumen im Frühlingswind

Die Mutter kniet vor Maartje auf dem Boden und steckt ihr das neue Kleid hoch. »Also den Egbert finde ich richtig nett«, sagt sie. »Und bleib endlich mal gerade stehen! Sonst wird das nie was mit dem Saum.«

Sie richtet sich auf. »Hübsch, nicht wahr? Aber du mußt den Bauch einziehen. Du wirst zu dick, weißt du das?«

Maartje seufzt. »Darf ich's wieder ausziehen?«

Ihre Mutter sieht enttäuscht aus. »Freust du dich denn gar nicht über das Kleid?« fragt sie.

»Doch, schon«, antwortet Maartje.

»Weißt du«, erzählt ihre Mutter träumerisch, »das hat mir schon immer gut gefallen. Mädchen in so altmodischen Blümchenkleidern. Und jetzt mit deinen langen Ponys steht es dir auch. Richtig süß siehst du aus, wie aus einem alten Bilderbuch.«

»Ich muß mich jetzt umziehen«, brummt Maartje. »Wir haben gleich Flötenstunde.«

»Ist es denn schon so spät?« fragt die Mutter. »Vorsicht! Sonst hast du Stecknadeln in den Augen. Holt er dich ab?«

»Wer?« fragt Maartje, während sie sich aus dem Kleid quält.

»Egbert natürlich.«

»Eggie?« sagt Maartje. »Ich glaube schon.«

Natürlich holt er sie ab. Immer holt er sie ab. Und jetzt erst recht, weil sie am Schulfest zusammen Blockflöte spielen sollen. Maartje will das eigentlich nicht. Aber alle anderen scheinen es für eine gute Idee zu halten, nur weil sie gemeinsam Flötenstunden haben.

Ihr Flötenlehrer heißt Herr Mul. Wie üblich hackt er auf Maartje herum, weil sie nicht genügend geübt hat.

»Kind«, sagt er, »wenn du es in der Kunst zu etwas bringen willst, mußt du hart arbeiten. Der Erfolg fliegt einem nicht zu.« Er begleitet Maartje und Egbert auf der Geige. Manchmal ist er so gerührt von seinem eigenen Spiel, daß ihm die Tränen kommen. Maartje weiß dann nie, wo sie hinschauen soll. An die Decke oder auf ihre Schuhe. Es wird auch zu heiß im Zimmer.

»So«, sagt Herr Mul. »Das klingt doch großartig!« Er putzt sich die Nase. »Ich bin froh, daß ihr am Schulfest zusammen auftretet. Und vielleicht könnt ihr da und dort mal fallenlassen, daß ich euch unterrichte. Ich gebe euch auch ein paar Visitenkarten mit. Maartje, warum guckst du denn so böse? Was ist los?«

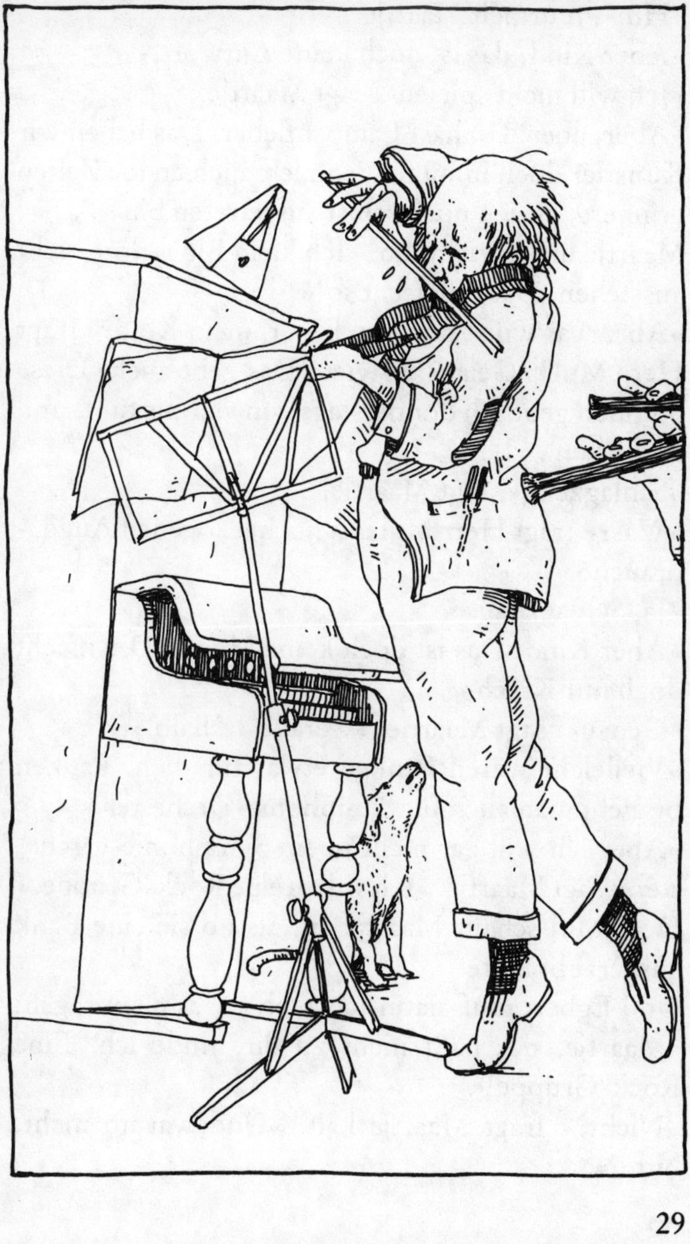

»Hm«, murmelt Maartje.
»Aber Kind, das ist doch keine Antwort.«
»Ich will nicht spielen«, sagt Maartje.
»Aber, aber! Du hast Lampenfieber. Das haben wir Künstler doch immer. Wenn ich mich an die Zeiten erinnere, als ich noch selbst aufgetreten bin . . . .«
Maartje unterbricht ihn. »Ich kann Blockflöte nicht ausstehen. Das quietscht so!«
»Aber was willst du denn lieber, mein Kind?« fragt Herr Mul. »Geige? Klavier? Das geht auch. Diese Stunden gebe ich donnerstags von vier bis fünf, und sie kosten . . .«
»Schlagzeug«, sagt Maartje.
»Was?« fragt Herr Mul mit hochgezogenen Augenbrauen.
»Ja, Schlagzeug.«
»Aber Kind! Das ist doch keine Musik. Das macht doch nur Krach.«
»Genau«, sagt Maartje. »Gerade deshalb.«
»Vielleicht wären Pauken etwas für dich. Pauken braucht man auch für Symphonie-Orchester.«
»Aber ich will gar nicht in ein Symphonie-Orchester«, sagt Maartje. »Ich will in eine Rock-Gruppe.«
Herr Mul schaut Maartje an, als ob sie eine Bank ausgeraubt hätte.
Und Egbert muß natürlich auch etwas dazu sagen: »Maartje, das paßt nicht zu dir, finde ich. Eine Rock-Gruppe!«
»Nicht?« fragt Maartje kalt. »Und warum nicht, bitte?«

Egbert zuckt mit den Schultern.
Sie üben nochmal ihr Stück und gehen dann nach Hause. Schweigend. Egbert fragt nur, ob er morgen zum Üben kommen soll.
»Von mir aus«, sagt Maartje gleichgültig.

Am nächsten Tag gibt es in der Schule nur Krach und Ärger. Es ist so ein Tag, an dem die halbe Klasse was abbekommt. Sogar Maartje erwischt es. Sie muß nachsitzen, zusammen mit Tim.
Für ihn ist Nachsitzen ganz normal. Das passiert ihm oft. Maartje hat ein bißchen Angst vor ihm. Er ist älter als die anderen, weil er im letzten Jahr sitzengeblieben ist. Und wie er aussieht! Immer trägt er Stiefel und einen Gürtel mit einem Messer und anderen Sachen daran. Und dann seine Lederjacke!

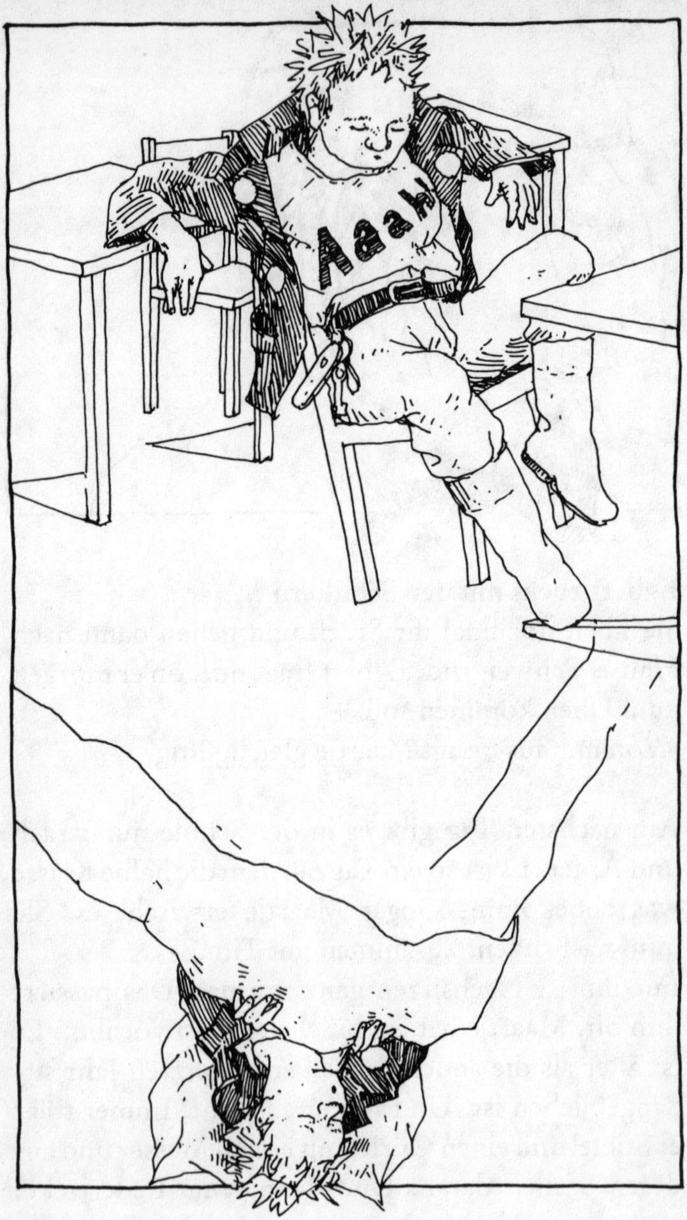
Aaah

Voll mit Buttons. Nie zieht er die aus. Dazu bringt ihn keiner. Sogar Hans nicht, der Lehrer, der eigentlich Herr Van Zuilen heißt. Der probiert es schon gar nicht mehr, auch wenn es draußen dreißig Grad oder sowas hat.
Neben Tim fühlt sich Maartje ziemlich klein. Er sitzt da und pfeift, sonst ist es ganz still in dem leeren Klassenzimmer. Sie sind allein. Nur Hans ist noch da, draußen auf dem Gang.
Maartje fragt sich, ob Tim die Jacke auch im Bett anbehält. Sie grinst.
»Warum lachst du?« fragt Tim.
»Ich? Ach, wegen nichts«, sagt Maartje erschrokken.
»Das glaub ich dir nicht. Du lachst doch nicht einfach nur so.«
Zum Glück kommt Hans. »Ihr könnt jetzt gehen, ihr beiden«, sagt er. »Tim, ich geb's auf, da ist Hopfen und Malz verloren. Aber bei dir, Maartje, besteht noch Hoffnung. Und jetzt verzieht euch. Ich hab's satt, ich kann heute keine Kinder mehr sehen.«
Maartje und Tim gehen nebeneinander her.
»Hier«, sagt Tim und zieht ein Stück Lakritze aus seiner Jackentasche. »Was machst du eigentlich am Schulfest?«
»Ich? Ich spiele Blockflöte. Mit Egbert.«
»Mit Eggie? Dem schlauen Eggie?«
»Schlau?« fragt Maartje. »Ich finde ihn eher ein bißchen doof.«

»Nein«, sagt Tim, »Egbert ist schlau. Sehr schlau sogar. Was spielt ihr denn?«
»Blumen im Frühlingswind.«
»Waaas?«
»Blumen im Frühlingswind«, wiederholt Maartje leise.
»Na sowas!« sagt Tim.
»Ich kann's auch nicht ändern. Und was machst du?«
»Ich, Robbie und Hugo haben eine Band aufgemacht.«
»Und was für eine Musik macht ihr?« fragt Maartje.
Tim grinst. »Das weiß ich nicht so genau. Aber stark, das sag ich dir. Wir werden euch alle von den Stühlen reißen!«
»Meinst du«, sagt Maartje und ist neidisch. »Ich muß hier rechts abbiegen.«
Tim geht weiter neben ihr her. »Jetzt bring ich dich auch schon nach Hause«, sagt er.

Frühlingswind im Stoppelkopf

Auch an den nächsten Tagen bringt Tim Maartje bis vor die Haustür. Obwohl sie sich nicht besonders viel zu erzählen haben.
Aber den anderen fällt es auf. Wie immer. Und bald sieht man die ersten Herzchen mit »T. und M.« auf dem Schulhof.
»Wenn schon«, sagt Tim. »Diese Pisser.«
Und Maartje? Seit Michel interessiert sich Maartje nicht mehr für Liebe oder sowas.
Aber Egbert ist sauer. Am Nachmittag vor dem Schulfest sitzt er mit Maartje in ihrem Zimmer, weil sie noch einmal üben sollen.
»Was hast du nur immer mit diesem Penner?« fragt er.
»Nichts. Und wenn schon. Ich werde ja wohl noch mit jemand heimgehen können, ohne dich zu fragen.«
»Du fängst auch schon an zu reden wie der«, giftet Egbert.
Sie üben. Die Blumen im Frühlingswind lassen die Köpfe hängen.
Egberts Mutter sitzt unten und trinkt Tee. Als Maartje ins Zimmer kommt, hängt ihre Mutter gerade das neue Kleid auf einen Bügel. Stolz streicht sie über eine Falte.
»Reizend«, lobt Egberts Mutter. »Egbert hat einen

Pullover in derselben Farbe. Das wird sich gut machen auf der Bühne.«
Sie schaut zu Maartje und Egbert. »Habt ihr Lampenfieber, ihr zwei?« fragt sie.
»Nein«, sagen Maartje und Egbert laut.
»Das glaubt ihr ja selber nicht!« Sie lacht. »Komm, Egbert, wir müssen jetzt gehen.«
Maartje und Egbert schauen aneinander vorbei.

Nein, Lampenfieber hat Maartje nicht. Es ist etwas anderes. Und es wächst, während sie ihre Eltern beim Essen beobachtet. Die haben gut lachen! Die müssen nicht auf die Bühne mit Frühlingswind und Blumen!
Nach dem Essen machen sich der Vater und die Mutter fertig für das Fest. Maartje geht nach oben und zieht ihr neues Kleid an. Lange schaut sie in den Badezimmerspiegel.
»Reizend! Wirklich, ganz reizend!« Maartje dreht sich um, nimmt eine Schere und fängt an, ihre Ponys zu schneiden. Etwas später betrachtet sie das Ergebnis im Spiegel.
Ihre Ponys sind geschnitten. Gründlich. Eigentlich ist gar kein Pony mehr da. Auf Maartjes Kopf stehen nur noch kurze Stacheln. Irgendwie fühlt sie sich mutiger als vorher. Aber ganz sicher ist sie nicht.
»Maartje! Los, es ist Zeit!« ruft ihre Mutter von unten.
Maartje nimmt einen Schal, bindet ihn um den Kopf und geht die Treppe hinunter.

»Halt mal«, sagt die Mutter. »Das ist mein Schal. Warum hast du ihn um?«
»Ich habe mir die Haare gewaschen, und sie sind noch nicht ganz trocken.«
»Ach so. Bürste dich nachher aber gut aus, hörst du?«
»Ja, Mama«, sagt Maartje brav.

In der Schule ist es gerammelt voll. Eltern, Großeltern, Brüder, Schwestern, alle sind da. Nur Egbert nicht.
Hinter der Bühne ist eine Art Umkleideraum.
Gaia soll disko-tanzen. Weil sie das hübscheste Mädchen ist, sagt sie. Sie hat einen Glitzer-Anzug

an. Maartje wirft ihr einen Blick zu und bekommt ein Gell-ich-bin-schön-Lächeln zurück. Tim, Robbie und Hugo zeigen stolz ihr Schlagzeug und die Gitarren.

»Zeitungen austragen, Taschengeld und Hugos Vater«, erklärt Tim. »Maartje, du siehst verboten aus mit diesem Schal.«

»Findest du?« Maartje nimmt den Schal ab.

»O, Mann«, sagt Tim, »was hast du denn gemacht?«

»Geschnitten. Gefällt es dir etwa nicht?«

»Also ich weiß nicht . . .« fängt Tim an.

Die anderen kichern. Am lautesten Gaia. Aber Maartje hat ein ganz besonderes Glitzern in den Augen. Keiner traut sich, was zu sagen.

Maartje und Egbert sollen als erste auftreten. Aber Egbert ist noch nicht da. Hans läuft nervös hin und her. Manchmal wirft er einen Blick auf Maartjes Kopf.

Auf einmal bleibt er stehen. Er sieht verwirrt aus. »Ich glaube, da kommt Egbert endlich«, sagt er. »Los, auf die Bühne, Maartje.«

Maartje holt tief Luft. Streicht über ihre Stacheln. Stapft auf die Bühne.

Aus den Augenwinkeln sieht sie, daß ihr jemand folgt. Eggie?

Die Stimmen im Saal werden lauter, die Leute lachen. Maartje hört einen entsetzten Aufschrei von ihrer Mutter. Das hat sie erwartet. Aber warum schreit Egberts Mutter?

Maartje dreht sich zur Seite. Die Blockflöte fällt ihr

aus der Hand. Sie rollt an den Rand des Podiums und bleibt da liegen. Maartje achtet nicht darauf. Sie starrt Egbert an.
Er hat alte Jeans an, Stiefel und die Lederjacke von Tim. Außerdem hat er einen Ring im Ohr. Wild sieht er aus! Verrückt!
Im Saal wird es still. Maartje hebt ihre Flöte auf. Und weil Egbert nichts unternimmt, sagt sie: »Wir spielen jetzt für Sie B-Blumen im F-Frühlingswind.« Ihre Stimme klingt merkwürdig. Es werden auch merkwürdige Blumen. Eher Kieselsteine. Und es hört sich an, als ob Maartje und Egbert um die Wette spielen würden. Keine Reklame für Herrn Mul.
Endlich ist es vorbei. Maartje und Egbert schauen mit finsteren Gesichtern in den Saal. Eine Minute bleibt es ganz still, dann fangen die Leute an zu klatschen. Sie lachen, rufen »Zugabe« und »da capo«. Maartje versteht gar nichts mehr. Sie macht eine ungeschickte Verbeugung und zieht Egbert hinter sich her. Nur runter von der Bühne!
Die anderen im Umkleideraum sind begeistert. »Toll! Super! Wie echte Clowns!«
Tim geht zu Egbert und haut ihm auf die Schulter. »Mensch, Eggie! Ich hab's ja gewußt. Jetzt brauch ich aber meine Jacke zurück. Ich muß spielen.«

Alle sind weg. Nur Maartje und Egbert sitzen nebeneinander auf einem niedrigen Tisch. Sie sind verlegen und wissen nicht, was sie sagen sollen. Sie schauen sich an und lachen plötzlich los.

»B-Blumen im F-Frühlingswind!« sagt Maartje.
Egbert zeigt auf ihren Kopf. »Und was für ein reizendes Bilderbuch-Mädchen!« Er kichert.
»Und wie hast du von Tim die Jacke bekommen?« fragt Maartje.
»Ganz einfach«, sagt Egbert. »Dreimal Hausaufgaben machen. Au, verdammt.«
»Was hast du denn?« fragt Maartje.
»Mein Ohr tut weh.«
An Egberts Ohrläppchen hängt ein dicker Tropfen Blut.
»Bist du wahnsinnig. Wie hast du denn das gemacht?« fragt Maartje.
»Durchgepiekt.«
»Idiot! Da muß Jod drauf, sonst bekommst du soo ein Ohr!«
Maartje zeigt mit den Händen ein Elefantenohr.
»Meinst du?« sagt Egbert unbestimmt. »Hör mal, Martje, sollen wir ein Schlagzeug bauen?«

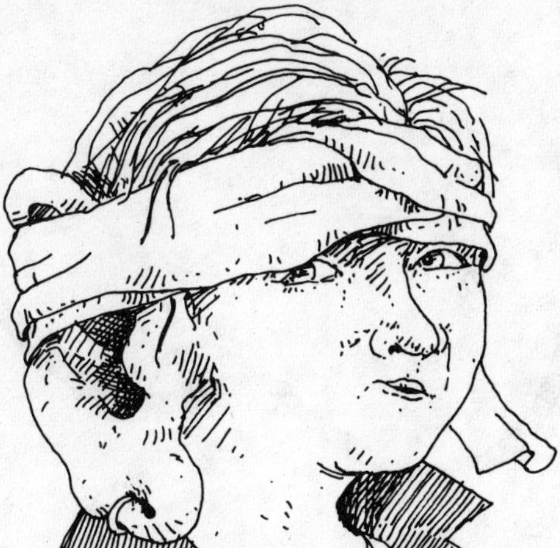

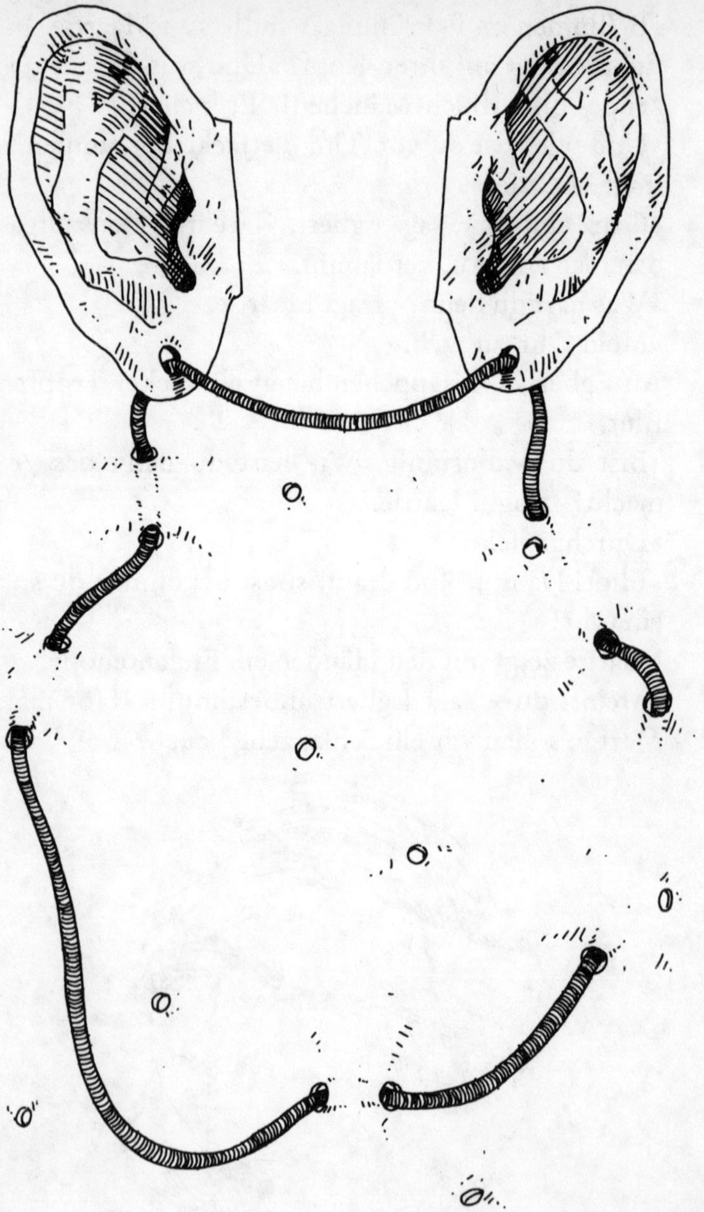

Im rechten Ohr ein Wespennest

»Selbstverstümmelung ist das«, sagt Maartjes Vater. »Ich finde es auch nicht gut«, sagt Maartjes Mutter. »Du hast doch selber welche«, quengelt Maartje. »Von was redet ihr eigentlich?« fragt Egbert. »Ich bin einfach reingekommen, weil ihr nicht mal die Klingel hört.«
Maartje dreht sich um.
»Hallo, Eggie! Ich bekomme keine Löcher von denen da!«
»Löcher?« fragt Egbert. »Trainierst du auf Sieb oder was?«
»Sehr witzig«, sagt Maartje. »Ich will Löcher in den Ohren. So wie Gaia und Nana und . . .«
»Und deshalb brauchst du sie auch?« fragt ihr Vater. »Was bist du doch für ein Affe!«
Maartje deutet auf ihre Mutter: »Die hat aber auch Ohrringe! Affe!«
»Diese verdammten Dinger regen mich auch auf«, sagt der Vater. »Jedesmal, wenn wir schmusen, beiße ich aus Versehen in so eins rein!«
Maartjes Mutter hustet. Dann fragt sie schnell: »Was für Ohrringe willst du eigentlich?«
»Fliegen«, sagt Maartje. »Oder Sternchen oder sonst irgendwas. Ist ja auch mein eigenes Geld. Von Oma und Opa bekommen und gespart.«
»Du und gespart?« sagt der Vater ungläubig.

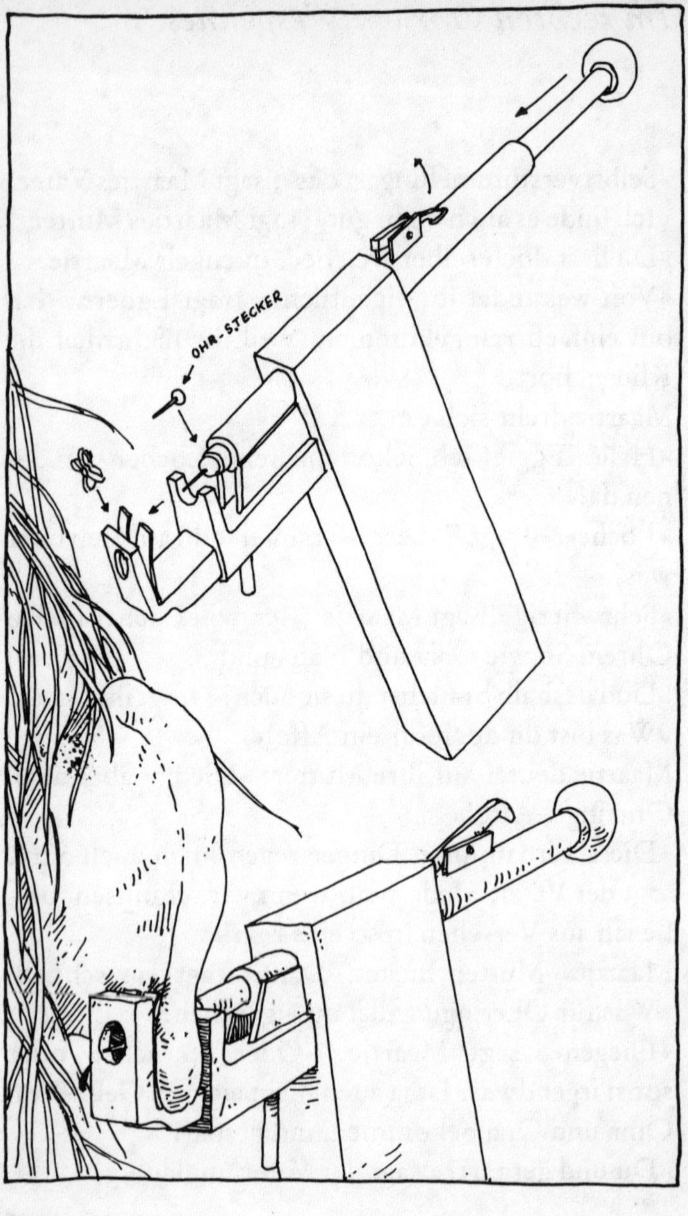
OHR-STECKER

»Ja. Wenn ich was will, dann will ich das auch.«
Egbert mischt sich ein. »Du, Maartje, denk doch an mein Ohr. Das hat sauweh getan, sag ich dir!«
Maartje wehrt ab. »Ja, aber das war deine eigene Schuld! Wer piekst sich schon einfach einen Ring durch das Ohr! Im Geschäft wird das ganz anders gemacht!«
»Mit einem Büro-Locher?« fragt Egbert.
»Trottel«, sagt Maartje verärgert. »Du kannst ja mitkommen und dir's anschauen.«
»Halt mal!« sagt der Vater. »Ist es denn nun beschlossen, daß Maartje Löcher bekommt?«
Maartje und ihre Mutter nicken: »Ja.«
»Das ist eine Verschwörung«, seufzt der Vater. »Ich ergebe mich.«
Egbert nickt mitfühlend. »Es wird ihr schon noch leid tun«, sagt er.
Maartje schaut ihn geringschätzig an. »Was ist? Willst du mitkommen oder nicht?«
»Was hast du denn gedacht«, grinst Egbert. »Ich will dich quietschen hören.«
»Da kannst du lange warten«, sagt Maartje.

Zu dritt gehen sie zum Juwelierladen, Maartje, ihre Mutter und Egbert. Der Juwelier führt Maartje zu einem Hocker. Er zeigt ihr die kleinen Plastik-Behälter mit den Ohrsteckern.
»Schau, so geht das«, sagt er munter. »Diese kleinen Stecker schießen wir ganz einfach und schmerzlos in deine Ohrläppchen.«

Er hat recht. Maartje merkt kaum etwas davon, sie hört nur ein leises Schnappen.
Doch nicht gequietscht. Sie schaut zu Egbert. Der sieht enttäuscht aus.
Der Juwelier gibt Maartje ein Fläschchen. »Das ist zum Desinfizieren«, sagt er. »Das mußt du auf deine Ohren tupfen. Und dreimal am Tag mit sauberen Fingern an den Steckern drehen. Dreimal, nicht mehr. Sonst gibt es eine Infektion. Nach sechs Wochen kommen die Stecker heraus, und ich mache dir die echten Ohrringe rein.«
»Da bin ich aber mal gespannt«, murmelt Egbert.

»Das wievielte Mal hast du jetzt schon an den Dingern gedreht?« fragt Maartjes Mutter am Abend.
»Das zehnte Mal, wenn du mich fragst«, sagt der Vater. »Aber es kann auch das sechzehnte sein. Ich habe nicht immer mitgezählt.«
Später wälzt sich Maartje im Bett herum. Komisches Gefühl, das mit den Steckern. Vorsichtig faßt sie an ihre Ohrläppchen. Ihre Hände sind sauber. Sie dreht. Na also, geht.

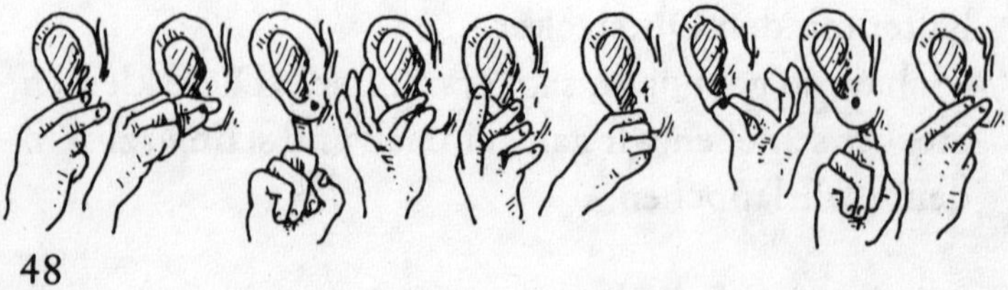

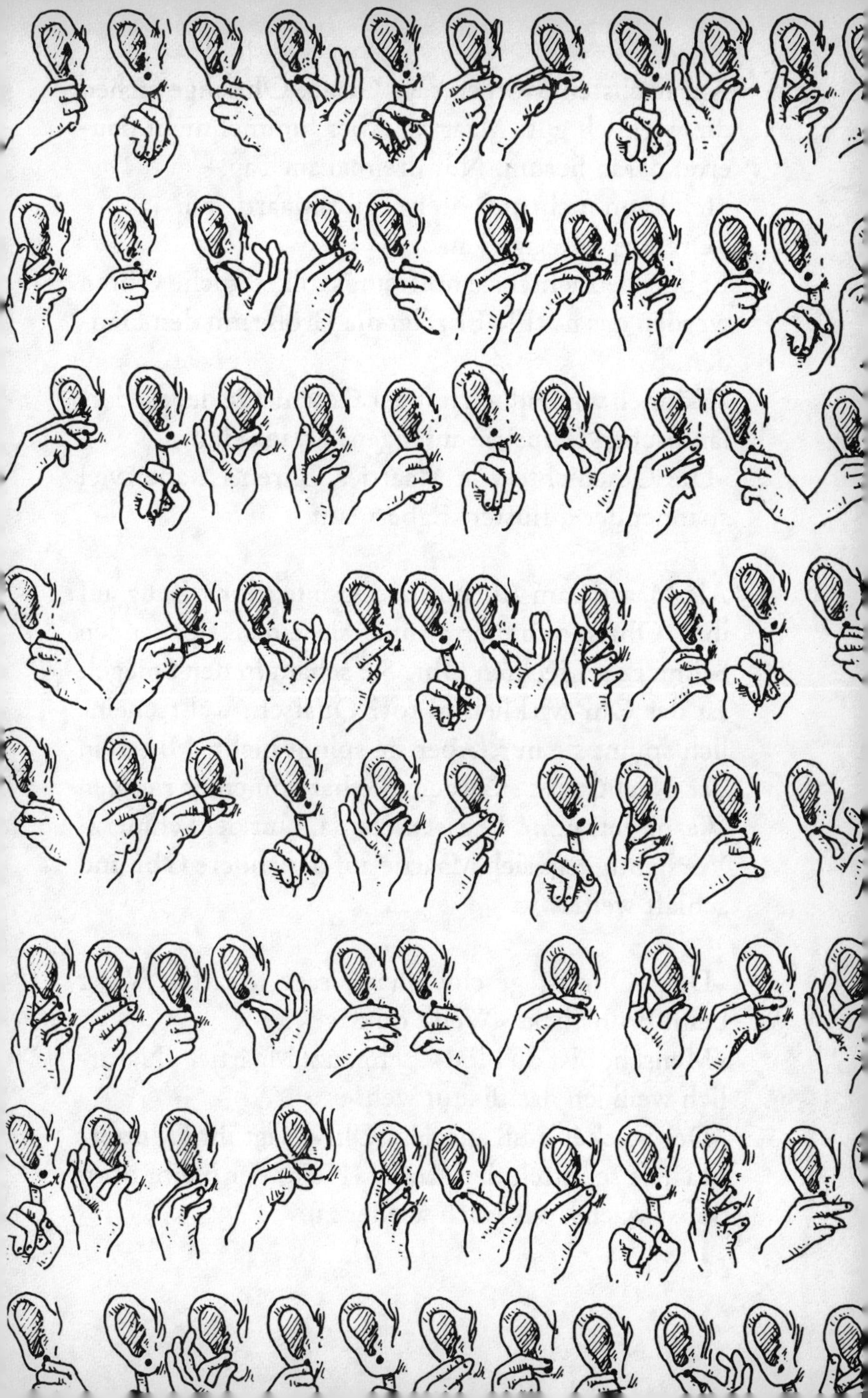

Am nächsten Morgen sagt Gaia: »Ohrringe stehen dir wirklich gut, Maartje. Aber fummel nicht dauernd daran herum. Nur dreimal am Tag.«
»Ich kann nicht aufhören«, gibt Maartje zu.
»Drehorgel«, sagt Tim.
Egbert betrachtet sie hoffnungsvoll. »Solche Ohren werden das noch!« Er zeigt die Größe mit den Händen.
»Können wir endlich mit der Geschichte der niederländischen Industrie anfangen?« fragt Hans.
»Die Geschichte von Maartjes Ohren ist aber viel spannender«, flüstert Egbert laut.

Als Maartje am Abend das Desinfektions-Zeug auf ihre Ohren schmiert, fühlt sie einen stechenden Schmerz im rechten Ohr. Sie schaut in den Spiegel. Ist das Ohr wirklich so rot? Quatsch, wahrscheinlich spinnt sie nur. Aber sie spinnt nicht. Mitten in der Nacht wird sie wach. Sie hat von einer riesigen Wespe geträumt. Die ist nicht da. Nur der Schmerz. Vorsichtig legt sich Maartje auf das andere Ohr und schläft weiter.

»Dein Ohr ist geschwollen«, sagt Maartjes Vater beim Frühstück. »Weißt du das?«
»Mensch, bist du blöd«, schnauzt Maartje. »Natürlich weiß ich das. Es tut weh!«
»Der Stecker muß aus dem Ohr«, sagt ihre Mutter.
Maartje schüttelt den Kopf. »Nein, der bleibt drin. Sonst wächst das Loch wieder zu.«

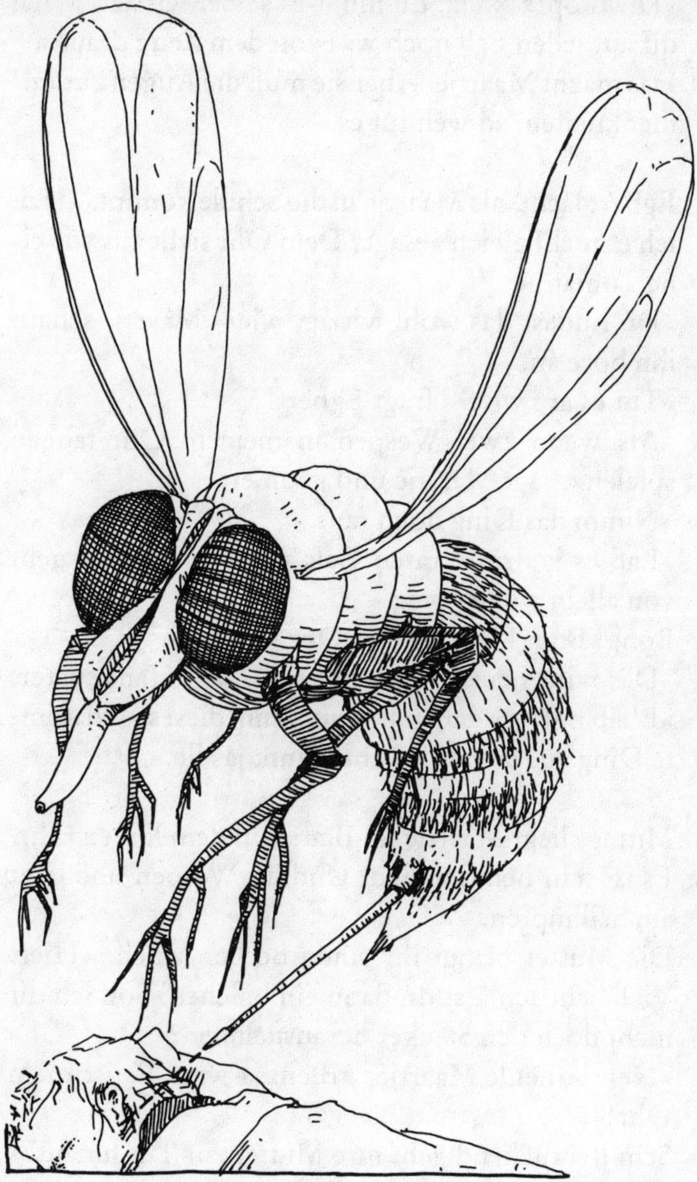

»Dickkopf! Na ja, du mußt es selber wissen. Mach dir auf jeden Fall noch was von dem Zeug drauf.«
Das macht Maartje. Aber sie muß die Augen zusammenkneifen, so weh tut es.

Egbert lacht, als Maartje in die Schule kommt. »Hab ich es nicht gleich gesagt? Dein Ohr sieht aus wie eine Tomate.«
»Du findest das wohl witzig, wie?« Maartje schaut ihn böse an.
»Tut es arg weh?« fragt Egbert.
»Als wenn zwei Wespen in meinem Ohr fangen spielen«, sagt Maartje und jammert.
»Nimm das Ding doch raus.«
»Laß es ja drin«, raten Gaia und Nana. »Das geht von allein wieder weg.«
Bong! Bong! In Maartjes Ohr klopft es.
»Das wird heute nichts mit dir«, sagt Hans später. »Bleib mittags daheim. Und nimm dieses verdammte Ding aus dem Ohr. Ihr spinnt ja alle.«

Mittags liegt Maartje im Bett. Auf dem linken Ohr. Es ist sehr hell draußen. Und die Wespen sind jetzt am Seilhüpfen.
Die Mutter bringt ihr einen Becher Milch. »Hier. Vielleicht schläfst du dann ein bißchen. Soll ich dir nicht doch den Stecker herausnehmen?«
»Nein!« heult Maartje. »Bleib ja weg! Es ist mein Ohr!«
Schulterzuckend geht ihre Mutter zur Tür hinaus.

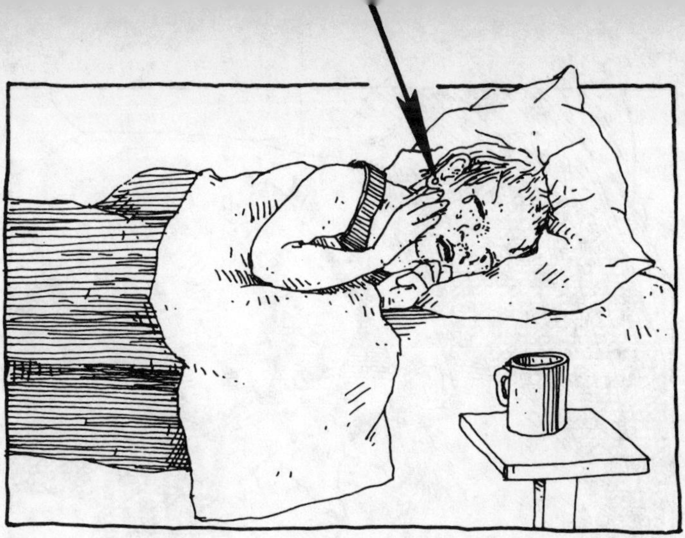

Trotz der Schmerzen schläft Maartje ein. Diesmal träumt sie außer von Wespen noch von Speeren und Schwertern. Und von Pfeil und Bogen.

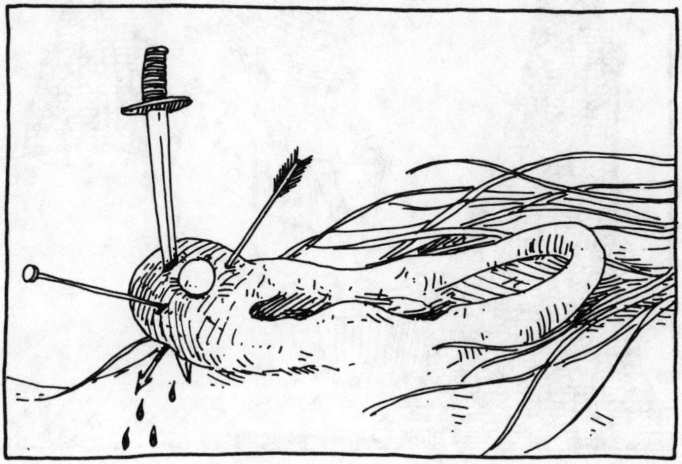

Mutter

Aber als sie am Spätnachmittag aufwacht, fühlt sie nichts mehr. Nur nasse Flecken auf dem Kissen. Der Schmerz ist weg.
Angewidert zieht sie den Bezug vom Kopfkissen und wirft ihn in den Wäschekorb.
Dabei schaut sie in den Spiegel. Das Ohr ist nicht mehr dick. Nur noch ein bißchen rot.
Hach! Siehst du wohl! Ganz von allein weggegangen, denkt sie stolz. Fröhlich geht sie die Treppe hinunter.
»Da ist ekliges Zeug rausgekommen«, erzählt sie ihrer Mutter. »Aber jetzt ist's vorbei. Was gibt's zu essen?«
»Bandnudeln zum Umhängen«, sagt die Mutter. »Also gut, meinetwegen Pfannkuchen.«
»Einfach so?« fragt Maartje erfreut.
»Ja, einfach so. Läßt du wohl in Zukunft deine Ohren in Ruhe?«
»Vielleicht«, sagt Maartje. Verträumt schaut sie zur Küchendecke.
»Was denkst du jetzt schon wieder?« fragt ihre Mutter argwöhnisch.
»Tätowieren«, antwortet Maartje. »Was hältst du eigentlich von Tätowieren?«
»Mensch, Mädchen«, stöhnt die Mutter und läßt ein Ei fallen.

Gras gespielt und reingefallen

»Hast du den Typ gesehen?« fragt Gaia Maartje, als sie nach der Mittagspause wieder in die Klasse zurück müssen.

»Typ?« fragt Maartje verwundert. »Was für einen Typ?« Sie ist mit ihren Gedanken woanders. Heute kann sie die Schule nicht ausstehen. Es gibt solche Tage.

»Da, dieser Typ, den Hans bei sich hat«, sagt Gaia.

Maartje dreht sich um. Mitten in der Klasse steht Hans und redet mit einem Jungen. Oder ist es ein Mann? Schwer zu sagen. Ist ja auch nicht so wichtig. Bei so einem schon gar nicht.

»Haltet jetzt mal alle den Mund!« ruft Hans in den Tumult hinein. »Ja, Tim, ich weiß, wer oben auf der Hitparade steht. Du hast uns das blöde Ding jetzt schon sechsmal vorgegrölt.«

»Siebenmal«, sagt Tim. »Wer ist das, der neben dir?«

»Das will ich gerade sagen. Ist jeder auf seinem Platz? Gaia, bist du fertig mit Haare kämmen?«

Es wird langsam still.

»Das ist Jan-Jaap«, stellt Hans vor. »Er ist an einer Schule, in der man lernt, Kreatives Spielen zu unterrichten. Und weil er ein Praktikum machen muß, ist er zu uns gekommen.«

»Was ist das, Kreatives Spielen?« fragt Egbert.

»Es hat etwas mit Bewegung zu tun«, sagt Hans. »Wart's ab. Wir machen es heute. Im Turnsaal.«
»Wir sollen also Versuchskaninchen spielen?« fragt Tim und verzieht das Gesicht.
Maartje freut sich auch nicht. Aber heute freut sie sowieso nichts. Langweilig, denkt sie.
»Ich finde es toll!« sagt Gaia.
Egbert schaut sie verächtlich an. »Du weißt doch nicht einmal, was der von uns will!«
»Das wird uns Jan-Jaap nun erzählen«, sagt Hans.
Jan-Jaap fängt an:
»Wir werden ein paar Übungen machen, die mit dem eigenen Körper zu tun haben. Und mit dem Raum um uns herum.«
Der redet aber komisch, denkt Maartje. Als ob seine Wörter kaputtgehen könnten, so vorsichtig spricht er sie aus. Eins nach dem anderen.
Widerwillig geht sie hinter den anderen her zum Turnsaal. Sie sollen sich in einem Kreis aufstellen, sagt Jan-Jaap. Mit geschlossenen Augen.
Maartje macht die Augen zu. Da und dort kichert jemand. Wenn ich nur krank wäre, denkt Maartje.
»So«, sagt Jan-Jaap. »Nun möchte ich, daß ihr langsam durch den Turnsaal geht. Den Raum erkunden, sozusagen.«
»Erkunden?« sagt Tim. »So'n Quatsch. Als ob ich die Schule nicht gut genug kennen würde!«
»Viel zu gut«, sagt Egbert.
Unbeirrt fährt Jan-Jaap fort. »Wir machen dies schweigend. Fangt an.«

kunden

Maartje schlurft über den Boden. Ein paar Kinder fangen an zu lachen. Maartje blinzelt unauffällig zu den andern. Tim schneidet Grimassen.
Egbert sieht todernst aus.
Gaia scheint es zu gefallen.
Und Maartje bekommt Bauchweh.
Sie geht zu Hans, der am Rand steht und zuschaut.
»Kann ich aufs Klo gehen?«
»Wenn es keine Ausrede ist«, sagt Hans.
Maartje zieht die Nase hoch. »Nein, ist es nicht. Ich habe Bauchweh.«

Dann sitzt sie auf dem Klo und hat immer noch Bauchweh. Aber es kommt nichts. Allzu lang kann sie hier auch nicht bleiben, also geht sie wieder zum Kreativen Spielen. Die sind jetzt am Rennen. Und am Rempeln. Hans schaut ängstlich zu. Geschieht ihm recht, denkt Maartje. Wenn was passiert, hat er schön böse Eltern am Hals.
Aber jetzt will Jan-Jaap, daß alle ganz still stehen und tief einatmen.
»Machst du wieder mit, Maartje?« fragt Hans.
»Warum machst du eigentlich nicht mit?« fragt Tim ihn laut.
Hans räuspert sich.
»Es würde dir gut tun«, sagt Jan-Jaap. »Mal richtig entspannen.«

Hans sieht nicht besonders erfreut aus, aber jetzt muß er mitmachen.
Jan-Jaap sagt mit seiner komisch-genauen Sprache: »Und jetzt möchte ich, daß ihr euch vorstellt, Gras zu sein. Ihr sollt euch wirklich hineindenken. Überlegt euch, was für eine Art Gras ihr sein möchtet. Hohe Rispen, Büschel, Wedel. Oder eine frisch gemähte Wiese. Schaut mal her.«
Er führt es ihnen vor, kauert sich hin, macht komische kurze Bewegungen.

HOHES GRAS

»Ich fühle mich wie Gras auf einem Fußballplatz«, erklärt er.
»Und ich wie schön gemähter Rasen«, ruft Gaia.
Egbert steht stocksteif da und wedelt mit den Armen in der Luft herum und brummt: »Ich bin dürres Gras.«
Hans liegt auf dem Boden und schnauft. »Ich fühle mich wie eine Weide«, erklärt er.
Und ich fühle mich dick, denkt Maartje.
Sie bewegt sich langsam hin und her und schaut zu Tim hinüber.
Der steht ganz still. Hält den Oberkörper weit nach vorn geneigt. Sein Kopf und seine Arme hängen schlaff nach unten.
»Warum tust du nichts, Tim?« fragt Hans und steht auf.
Tim schaut hoch. Er ist ganz rot im Gesicht, weil ihm das Blut in den Kopf gestiegen ist.
»Ich tu doch was. Erkennst du denn nicht, was ich bin?«
»Faul«, sagt Hans. »Sonst nichts.«
»Ich bin umgeknicktes Gras«, erklärt Tim beleidigt.
»Jemand hat mit großen dicken Füßen auf mir herumgetrampelt.«
Hans lacht. Entschuldigend schaut er zu Jan-Jaap hin. Der macht stur weiter. »Dann habe ich noch eine besondere Übung. Die hat etwas mit Vertrauen zu tun. Ihr kennt euch doch alle gut, nicht wahr?«
Hans nickt. »Ziemlich gut.«
»Wir werden die Fallprobe machen«, sagt Jan-Jaap.

»Das klingt gefährlich«, sagt Hans.
»Wir werden uns im Kreis aufstellen«, sagt Jan-Jaap, »eines der Kinder mit geschlossenen Augen in die Mitte. Wenn ich ›ja‹ sage, läßt sich dieses Kind umfallen und wird natürlich von den anderen aufgefangen. So lernt man, einander zu vertrauen.«
»Das werden wir nicht tun«, sagt Hans. »Kommt überhaupt nicht in Frage!«
Die Kinder meutern.
»Nun machen wir endlich mal was Lustiges, und dann geht es nicht«, sagt Tim. »Ich möchte gern in der Mitte stehen.«
»Bist du sicher, daß wir ihn fangen?« fragt Hans.
»Sicher«, sagt Jan-Jaap. »Außerdem macht dieser Junge da nicht den Eindruck, als ob er Angst davor hätte umzufallen.«
»Stellt euch auf«, sagt Tim. »Dieser-Junge-da will endlich anfangen.«
Sie stellen sich um ihn herum.
Hans ist immer noch nicht überzeugt, daß es klappt. Mit ausgebreiteten Armen stellt er sich hinter Tim.
»Kann Dieser-Junge-da jetzt?« fragt Tim.
Hoffentlich fällt er nicht auf meine Seite, denkt Maartje.
»Fang an, Tim«, sagt Jan-Jaap.
Tim bleibt stehen.
»Los, Tim«, sagt Jan-Jaap ermutigend. »Du brauchst keine Angst zu haben.«
Tim bleibt immer noch stehen. Hans öffnet seinen Mund, um etwas zu sagen, da schreit Tim plötzlich

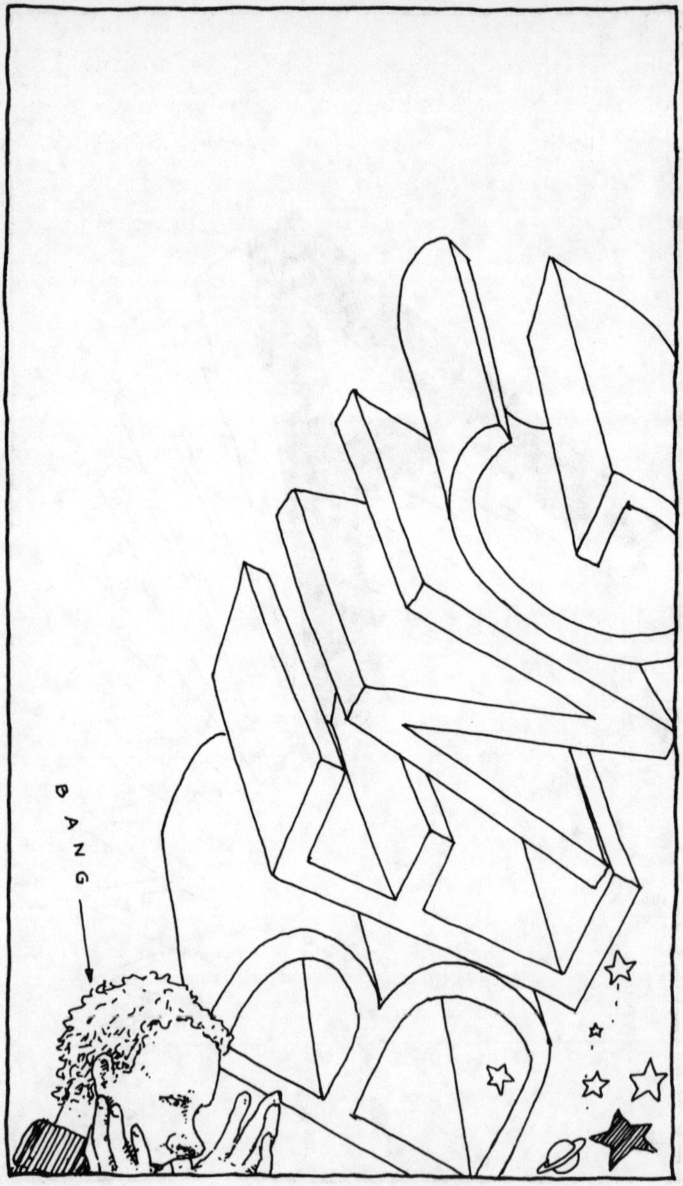
BANG

laut »Aaaaah!« und läßt sich nach hinten fallen, in die Arme von Hans. So hätte es sein sollen. Aber Hans ist so erschrocken, daß er das Fangen vergißt. Egbert, der neben ihm steht, springt vor. Aber zu spät. Tim kracht auf den Boden.

Niemand sagt etwas. Hans läßt sich neben Tim auf die Knie fallen.

»Tim!« ruft er. »Tim! Sag doch was!«

Nichts passiert.

»Bestimmt ist er tot«, kreischt Gaia.

»Halt dein Maul!« brüllt Egbert.

»Aber nein«, sagt Jan-Jaap.

»Hach!« Tim setzt sich auf und grinst. »Jetzt habt ihr aber Angst gehabt, gell?«

Hans sieht kreideweiß aus. Er schüttelt Tim an den Schultern. »Du Mistkerl, du! Du Rotzlöffel! Warum hast du das gemacht?«

»Au!« sagt Tim. »Paß doch ein bißchen auf!«

Hans läßt Tim los. Seine Hände zittern. Maartje merkt, daß sie weiche Knie hat.

»Ich bin verdammt erschrocken«, sagt Hans.

Tim schaut ihn an. »Hättest du mich vermißt?«

»Mann!« sagt Hans. »Mit wem soll ich mich sonst herumärgern?«

Tim lacht zufrieden.

»Genauso ist es, Herr Lehrer.«

Jan-Jaap ist auch erschrocken. Jetzt fragt er: »Warum hast du uns zum Narren gehalten?«

»Hab ich doch nicht«, sagt Tim. »Ich hab mich nur eingefühlt.«

»Was hast du?«
»Mich eingefühlt. Wie es ist, bewußtlos zu sein.«
»Und?« fragt Hans. »Wie fühlt sich das an?«
»Es tut weh«, antwortet Tim. »Ich glaube, ich hab eine Beule am Kopf. Aber das gehört wohl dazu. Zum Kreativen Spielen, meine ich.«
Jan-Jaap räuspert sich.
Tim zwinkert Maartje zu.
Na sowas! denkt Maartje. Mein Bauchweh ist weg. Und sie zwinkert zurück.

Bella

»Frau Grün hat ihre Nichte zu Besuch«, sagt Maartjes Mutter.
»Was geht mich das an?« fragt Maartje. »Kann ich noch einen Zwieback haben?«
»Nein, du hast schon drei gegessen. Und es geht dich eine ganze Menge an, sie kommt nämlich zu dir in die Klasse. Gib die Zwiebackdose her.«
»Komisch«, sagt Maartje. »Wer fährt schon zu jemand auf Besuch und geht dort auch noch in die Schule!«
»Schulpflicht, das weißt du doch. Sie wird ein paar Monate bleiben.«
Maartje versteht das nicht. »Und ihre Eltern?«
»Die machen eine Weltreise, glaub ich«, sagt die Mutter.
»Ich habe mit Hans und Frau Grün ausgemacht, daß du dich in den ersten Tagen ein bißchen um sie kümmerst.«
»Vielen Dank auch!« sagt Maartje. »Ich soll mich wohl darüber freuen. Darf ich mir vielleicht bitte meine Freundinnen selber aussuchen?«
Ihre Mutter redet einfach weiter.
»Das Mädchen ist neu hier. Sie wird ein bißchen Hilfe brauchen am Anfang. Weißt du was? Geh doch jetzt einfach mal hin, da könnt ihr euch gleich kennenlernen.«

»Ich trau mich nicht zu Frau Grün«, sagt Maartje leise.
Die Mutter schaut sie erstaunt an. »Warum denn nicht? Du bist doch sonst immer so gern bei ihr. Ach so! Du meinst wegen damals.«
Maartje nickt.
»Ach Gott! Das hat sie doch längst vergessen!«
»Meinst du wirklich?«
Ihre Mutter lacht. »Du kannst ruhig hingehen. Hier, gib den Zucker zurück, mit Dank fürs Ausleihen!«
»Schon wieder?« fragt Maartje.

»Hallo!« Frau Grün macht die Tür auf. Sie ist barfuß und hat ihren blöden Morgenrock an. »Schön, daß du mal wieder kommst.«
Maartje schaut sie mißtrauisch an, aber Frau Grün sieht aus wie immer. Sie lacht freundlich und deutet auf ihre Füße. »Das weißt du doch noch, oder? Fußbad am Abend, erquickend und labend.«
»Arbeiten Sie denn noch?« fragt Maartje und geht hinter Frau Grün in die Wohnung. »Ich dachte, Sie müssen jetzt für Ihre Nichte sorgen.«
»Das tu ich auch. Aber die paar Stunden nach der Schule kommt Bella gut allein zurecht.«
»Bella?« fragt Maartje.
»Ja. Sie heißt Bella. Setz dich doch.«
»Und wo ist sie jetzt?«
»Oben«, sagt Frau Grün. »Sie wird gleich kommen.«

In der Türöffnung steht ein Mädchen.
»Maartje, das ist Bella. Sie kommt zu dir in die Klasse.«
Das Mädchen hat lange, dunkle Haare und ist etwas größer als Maartje. Sie hat einen karierten Rock an. Irgendwie sieht sie komisch aus, denkt Maartje. Ich weiß auch nicht. Ihre Arme hängen so schlaff runter.
Bella schweigt.
»Hallo«, sagt Maartje. »Tag.«
Bella sagt immer noch nichts.
»Ihr wollt doch sicher Cola«, sagt Frau Grün. Sie geht in die Küche. Bella setzt sich hin und schaut Maartje an.

»Gefällt es dir hier?« fragt Maartje.
Bella antwortet mit einem kurzen Nicken.
Es liegt an ihren Augen, denkt Maartje. Und sonst sieht man nur Arme und Beine.
»Ha-hast du Ti-tiere?« stottert Bella auf einmal.
»Ja«, sagt Maartje. »Drei Kätzchen und eine Spinne in meinem Zimmer. Aber vor der hab ich eigentlich Angst.«
In Bellas Gesicht bewegt sich etwas.
»Ma-magst du sie? Die K-kätzchen, meine ich.«
»Ja«, sagt Maartje, »sehr.«
Frau Grün kommt mit einer Cola-Flasche und Gläsern. »Na, kennt ihr euch jetzt schon ein bißchen?«
»Si-sie hat drei K-kätzchen«, sagt Bella.
Lieber Himmel, denkt Maartje, stottert die etwa immer so?
»Ha-hast du auch K-k . . .« fängt Maartje an. Sie schlägt sich auf den Mund. »Das habe ich nicht gewollt. Das war aus Versehen.«
»Ich weiß.« Bella nickt. »Da-das passiert jedem.«
Frau Grün sieht traurig aus.
»Weißt du was?« sagt Maartje. »Komm mit zu mir. Da kannst du die Kätzchen sehen.«
»Eine gute Idee!« sagt Frau Grün. »Und ich bade in der Zeit meine Füße. Aber komm nicht zu spät heim, Bella.«
Und zu Maartje sagt sie: »Ich bin froh, daß du gekommen bist. Ich hab dich vermißt.«
Auch Maartje ist froh.
»Vielen Dank für den Zucker soll ich noch sagen.«

Frau Grün lacht laut. »Irgendwann vergißt deine Mutter noch mal ihren Kopf.«
Bella und Maartje gehen nebeneinander her.
Maartje erzählt von der Schule.
Bella schlenkert mit ihren Armen und Beinen und sagt nichts. Nur manchmal schaut sie Maartje von der Seite an. Sie hat Augen wie ein kleiner Hund, denkt Maartje.
»Hast du auch Tiere?« fragt sie.
»Ge-gehabt«, sagt Bella. »Ich ha-hab eine K-Katze gehabt, eine ge-gescheckte. A-aber die hat w-weggemußt, als m-meine Eltern a-abgereist sind.«

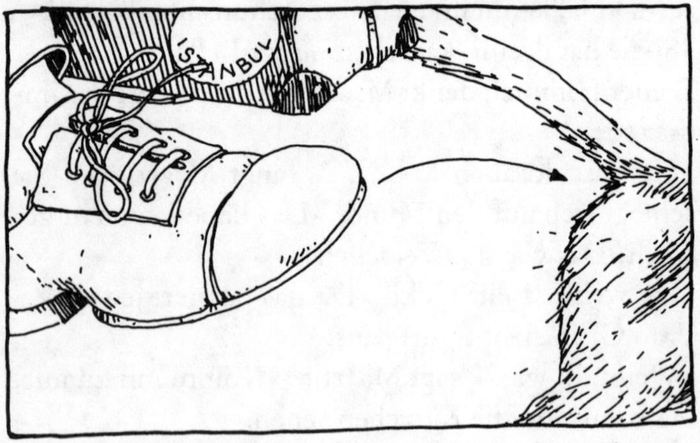

»Wo sind dein Vater und deine Mutter jetzt eigentlich?« fragt Maartje.
Bella zuckt mit den Schultern.
»Ü-überall und ni-nirgends. Vi-vielleicht in der Tü-türkei. Oder so-sonstwo.«
»Und wie lang bleiben sie weg?«
»W-weiß nicht. Vielleicht ein p-paar Monate. D-das

weiß man nie bei d-denen. F-früher hab ich i-immer mitgedurft, aber jetzt ....«
»Ja, ich weiß, Schulpflicht«, sagt Maartje. »Vermißt du sie sehr?«
Bella zuckt wieder mit den Schultern.
»W-weiß nicht. Ich v-vermisse meine G-gescheckte.«
»Und hättest du sie nicht mitnehmen können zu deiner Tante?« fragt Maartje.

»N-nein, meine T-tante ist a-allergisch gegen K-katzen. Sie m-muß immer n-niesen. Wie h-heißen deine K-kätzchen?«
»Donald, Dan und Wiedus«, sagt Maartje.
»Sch-schöne Namen«, findet Bella.
»Hier wohn ich«, sagt Maartje.
Eine große schwarze Katze kommt auf sie zu und miaut.
»Das ist Wiedus«, sagt Maartje.
Bella hockt sich hin und streckt die Hand aus.
»So. Du bist also Wiedus. Guten Tag, Wiedus.«
Sie krault ihn hinter den Ohren und lacht, weil er laut schnurrt. Dann kommen Dan und Donald angetapst. Bei ihnen macht Bella dasselbe wie bei Wiedus. Sie streichelt sie und sagt: »Ich bin Bella. Guten Tag, Kätzchen.«
Sie stottert überhaupt nicht dabei. Kein einziges Mal. Maartje wundert sich.
Die Katzen schnurren und reiben ihre Köpfe an Bella.
»Ja, das finde ich auch«, sagt Bella. »Ihr habt ganz recht. Geht ihr mit ins Haus? Ich habe jetzt nichts bei mir, aber morgen bringe ich euch was mit. Viel-

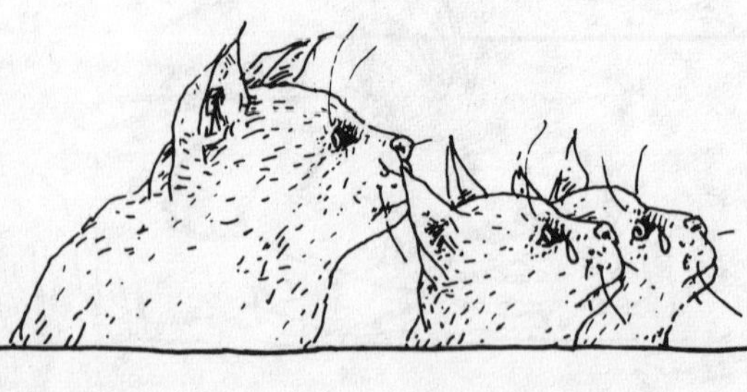

leicht sogar eine Maus. Ich weiß nur noch nicht, ob ich mich das traue.«

»Mrr . . .«, schnurrt Wiedus. »Miau«, piepsen Dan und Donald.

»Als ob sie dir Antwort geben«, sagt Maartje. »Als ob du kätzisch mit ihnen sprichst.«

Bella hebt den Kopf. Sie schaut ganz ernst. »Tu ich das nicht?« fragt sie.

»Na ja«, sagt Maartje. Und denkt: Du lieber Himmel, die spinnt auch noch.

Mit Maartje und ihren Eltern redet Bella den ganzen Abend über fast kein Wort. Umso mehr mit den Katzen. Als sie weggeht, streichelt ihr Maartjes Mutter über den Kopf und sagt:

»Komm halt oft her und spiel mit den Katzen.«

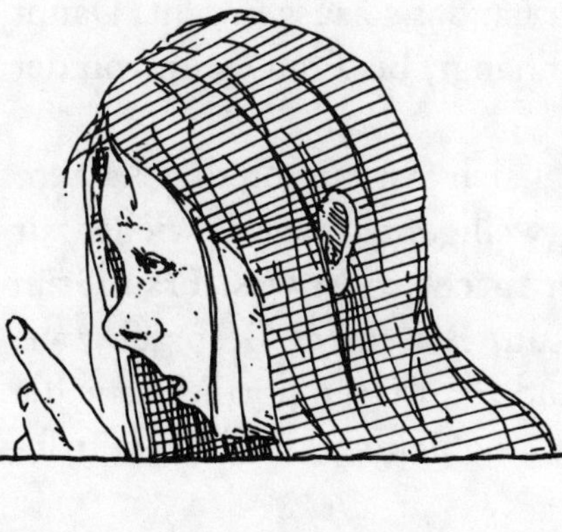

»Das ist Bella”, sagt Hans am nächsten Morgen. »Sie wird eine Weile hier in die Schule gehen.«
Er schaut zu Maartje hin, die schon auf ihrem Platz sitzt.
»Wenn wir die Tische umstellen«, sagt er, »kann Bella neben Maartje sitzen.«
Warum immer ich? denkt Maartje. Bella steht mit baumelnden Armen neben Hans. Sie sieht komisch aus, denkt Maartje. Als ob sie verkehrt in ihrer Haut steckt.
Bella sagt nicht viel. Und wenn sie etwas sagt, stottert sie. Natürlich machen sich die anderen über sie lustig. Aber weil sie sich nicht wehrt, wird es ihnen bald langweilig, und sie lassen sie in Ruhe.
Bella geht nach der Schule mit Maartje heim. Die ganze nächste Zeit wird Bella mit Maartje heimgehen. Maartjes Mutter hat das so ausgemacht. Damit Bella nicht allein rumhängt, bis Frau Grün von der Arbeit kommt.
Aber Bella beschäftigt sich fast nur mit den Katzen. Maartje wird das langweilig, bald geht sie wieder zur Zigeuner-Wiese oder macht sonst was. Frau Grün scheint das leid zu tun. Bei einem Gespräch zwischen ihren Eltern und Frau Grün hört Maartje die Wörter ›einsam‹ und ›unglücklich‹. »Ich wäre froh,

wenn Maartje und Bella richtige Freundinnen würden«, sagt Frau Grün.
Ohne mich, denkt Maartje. Warum immer ich? Ich bin nicht so ein Fernseh-Kind, daß ich irgendwas mache und auf einmal sind alle glücklich. Nein, danke! Trotzdem wurmt es sie. Manchmal schnauzt sie Bella an, aber wenn ein anderer in der Schule dasselbe macht, wird Maartje wütend. Und bekommt Krach mit den anderen. Deshalb ist sie dann wieder sauer auf Bella. Scheiße, denkt Maartje. Irgendwie ist das alles blöd.

Nach ein paar Wochen sagt Maartjes Mutter morgens beim Frühstück.

»Bella fährt nach Hause.«
»Wieso denn?« fragt Maartje.
»Ihre Eltern sind wieder da.«
»Aber Mama! Sie wollten doch ein paar Monate wegbleiben«, sagt Maartje.
»Das Geld ist ihnen ausgegangen, glaube ich«, sagt ihre Mutter. »Arme Bella.«
»Warum arme Bella?«
»Glaubst du, es ist schön, wenn man so hin- und hergeschubst wird? Von den Eltern zu Frau Grün und von der einen Schule auf die andere und wieder zurück.«
Maartje sagt nichts.

»Heute machen wir mal was anderes«, sagt Hans am Mittwochmorgen. »Ich will, daß ihr alle eine Geschichte schreibt.«

In der Klasse wird es laut.

»Eine Geschichte über euch selbst«, redet Hans nachdrücklich weiter. »Wie ihr euch fühlt und wie ihr euch eure Zukunft vorstellt.«

»Muß das sein?« sagt Tim.

»Das ist wahrscheinlich wieder ein Experiment«, murmelt Egbert.

Hans lacht. »So was ähnliches.«

»Brauchen wir dann nicht zu rechnen?« fragt Maartje.

»Nein.«

»Wenigstens etwas!«

Bella lacht leise.

»Ihr habt den ganzen Vormittag Zeit«, sagt Hans. »Ihr könnt also in Ruhe nachdenken. Und die Geschichte braucht auch nicht besonders lang zu sein, nur von euren Emotionen soll was dabei rauskommen.«

»Ist das was zum Essen?« fragt Tim laut.

»Was du fühlst meint er«, sagt Egbert.

»Kann er doch gleich sagen.«

»Tim, halt den Mund und mach dich an die Arbeit!« sagt Hans und nimmt ein Buch und liest.

»Der macht sich's bequem«, mault Tim.

In der Klasse wird es still. Einige Kinder fangen an

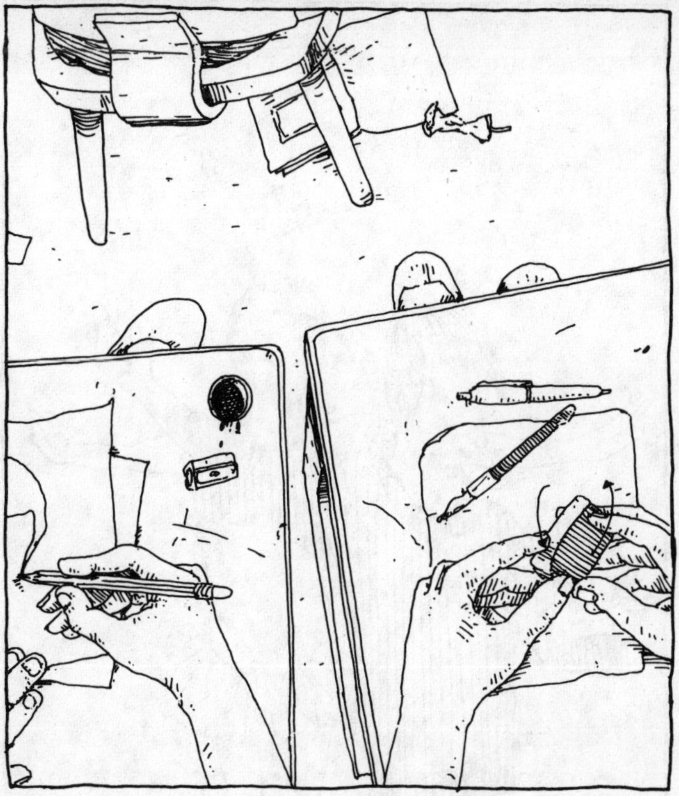

zu schreiben. Andere schauen aus dem Fenster und kauen auf ihrem Füller herum.
Maartje spielt mit dem Radiergummi. Gefühle! Was soll sie bloß über Gefühle schreiben. In der letzten Zeit weiß sie ja selber nicht, wie sie sich finden soll. Und dann auch noch schreiben.
Maartje schaut neben sich. Bella hat angefangen zu zeichnen. Katzen. Sie schubst Maartje vorsichtig mit dem Arm und zeigt auf ihr Papier.

»D-das ist D-dan«, flüstert sie.
»Ja«, flüstert Maartje zurück. »Und das da sind Wiedus und Donald.«
»Würden die Damen Bella und Maartje bitte weiterschreiben?« sagt Hans.
Seufzend macht sich Maartje an die Arbeit.
In der Pause sitzt sie mit Bella auf dem Schulhofmäuerchen. Die Sonne scheint.
»Wenn ich eine Katze wäre«, sagt Maartje, »würde ich jetzt schnurren.«
Bella nickt.
»Weißt du schon, daß du wieder weg mußt?«
»Ja«, sagt Bella. Und Maartje traut sich nicht, weiter zu fragen. Sie ist froh, als die Pause um ist.
Nach der Pause schreiben sie weiter. Dann legen die ersten ihre Blätter neben Hans auf den Tisch. Er liest sie durch, wartet aber ab, bis alle fertig sind.
»Bella, kann ich deine Geschichte auch haben?«
Bella zuckt mit den Schultern.
»I-ich hab nicht vi-viel«, sagt sie.
»Macht nichts, laß sehen!«
Bella gibt Hans ihr Blatt. Er betrachtet es lange. Dann sagt er:
»Bei einigen Geschichten hätte ich gern, daß der Autor . . .« Er unterbricht sich, wirft einen Blick auf Tim und fährt fort: ». . . daß der Schreiber sie vorliest. Gaia, würdest du anfangen?«
Gaia liest vor: »Ich heiße Gaia. Ich freu mich, weil ich einen neuen Ballett-Anzug bekommen habe. Nächste Woche tanze ich solo. Später gehe ich auf

eine Ballett-Akademie. Ich werde bestimmt berühmt, das sagt jeder. Dann bekomme ich Rosen und Applaus. Ich muß viel arbeiten. Und ich will auch einen Mann. Ja. Und heute nachmittag muß ich zum Friseur. Warmes Wasser über den Kopf ist ein schönes Gefühl.«
»Ist das alles?« fragt Hans.
»Ja.«
Hans nickt. »Gut. Tim? Liest du jetzt?«
»Muß ich?« fragt Tim.
»Nein«, sagt Hans, »du mußt nicht.«
»Okay«, sagt Tim und fängt an: »Ich bin Tim. Wir haben eine Band. Und ich fühle (das Wort will Hans unbedingt) mich froh, wenn ich spiele. Eigentlich will ich immer nur Musik machen. Aber ich muß erst einen Beruf lernen, das will mein Vater unbedingt. Als ob Musik nichts ist. Ich bin jetzt schon zweimal in derselben Klasse. Das ist sehr blöd. Ein paar Kinder finde ich nett. Aber ich schreibe nicht, welche. Ende.« Tim muß tief Luft holen, weil er so schnell gelesen hat. Hans grinst ihn an.
»Du hast recht, Tim, Musik ist nicht nichts. Aber sag mal, wen findest du eigentlich so nett?«
Tim ist einen Moment verlegen, dann sagt er: »Dieses Gefühl gehört mir ganz allein, Herr Lehrer.«
Komisch, jetzt werde ich rot, denkt Maartje.
»Maartje, glaubst du, daß du deine eigene Schrift noch lesen kannst?« fragt Hans.
Maartje ist beleidigt. »Natürlich kann ich das.«
»Also, dann fang an«, sagt Hans.

Maartje
Manchmal finde ich
ich kann Bella
In der letzten Zeit habe
ich mit allen Leuten

Zögernd beginnt Maartje: »In der letzten Zeit habe ich mit allen Leuten Krach. Und daran ist Bella schuld.« Maartje hört auf und schaut Bella an. Die sitzt da und kleckst mit ihrem Füller herum.
»Weiter, Maartje«, sagt Hans freundlich.
Maartje hustet und liest weiter. »Wenn sie bei uns ist, redet sie mit den Katzen. Und in der Schule sagt sie fast nichts. Alle wollen, daß wir Freundinnen werden. Aber Bella wird immer gehänselt. Sie wehrt sich nie. Aber ich bekomme Krach mit den anderen. Und dann bin ich wieder böse auf Bella. Und jetzt geht sie bald weg.«
Mit zittrigen Knien setzt sich Maartje wieder auf den Stuhl. »Bist du fertig?« fragt Hans.
Maartje nickt. Sie kriegt auf einmal keine Luft mehr.
»Das war schön«, sagt Hans. »Danke.«
Maartje schaut ihn an. Will er einen Witz machen? Aber es sieht nicht so aus, er hat ein ganz ernstes Gesicht.
»Ja«, sagt er. »Und jetzt Bella. Auf ihrem Blatt sind sehr schön gezeichnete Katzen. Bella, willst du vorlesen, was unter dem Bild steht?«
Bella schüttelt den Kopf.
»Darf ich?« fragt Hans. Er darf. Er räuspert sich und liest: »Ich bin Bella. Ich bin Traurigkeit.«

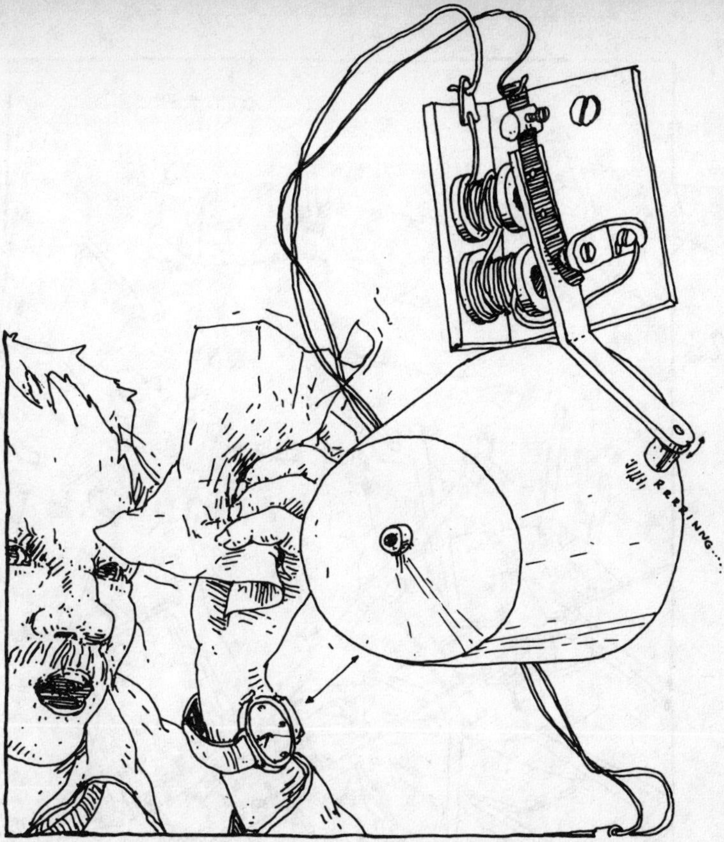

Maartje hört, wie Gaia Nana zuflüstert: »So ein Jammerlappen!«
Tim fragt: »Ist das nun eine Geschichte?«
Egbert sagt: »Die Grammatik ist falsch.«
Hans schaut Bella an: »Ist es, weil du weggehst?«
Bella nickt. Hans schweigt. Dann sagt er sehr laut und böse: »Kann sein, daß die Geschichte zu kurz ist und die Grammatik falsch. Aber es ist das beste, was ich heute gelesen habe. Und jetzt geht heim, es läutet sowieso gleich.«

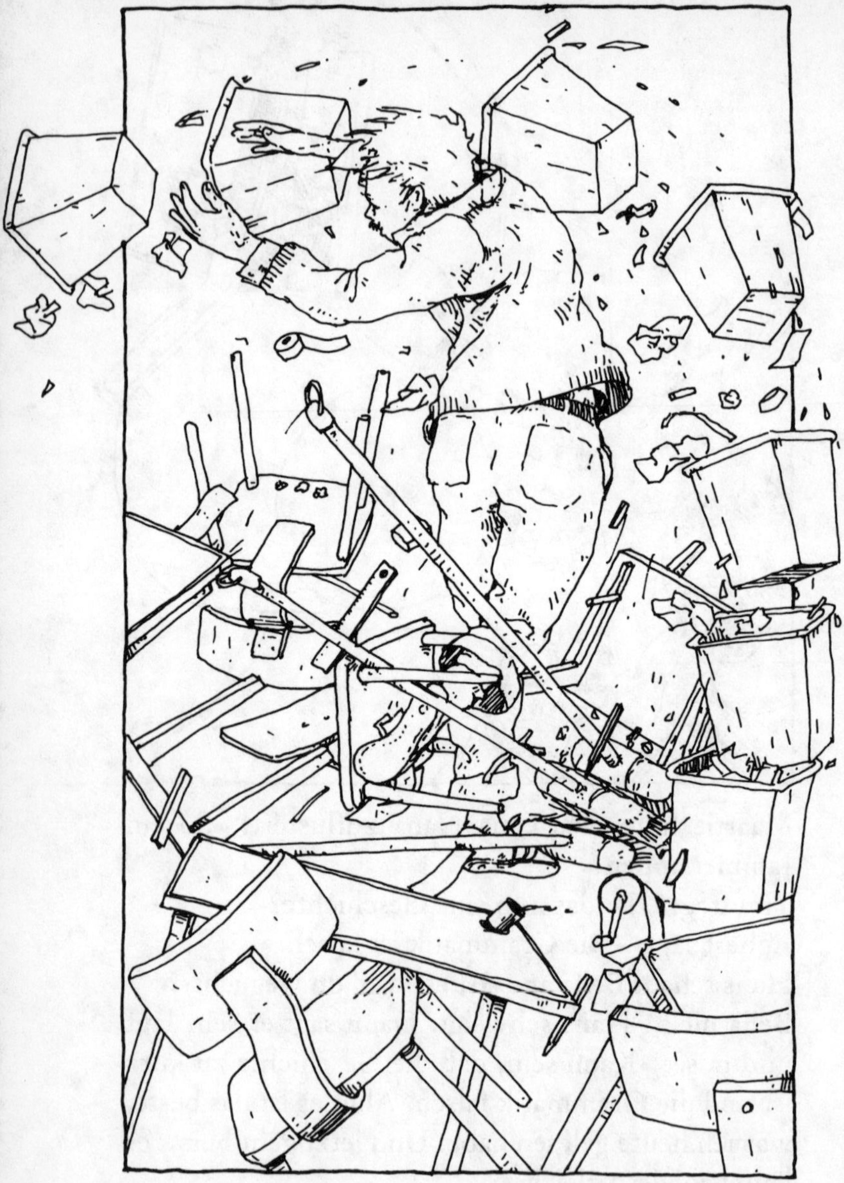

Hans sagt noch zu Bella, daß er irgendwann in dieser Woche bei Frau Grün vorbeikommt.
Maartje und Bella gehen nebeneinander her. »S-sollen wir heute m-mittag Katzen malen?« fragt Bella.
»Ja«, sagt Maartje. »Mensch, ich hab mein Federmäppchen vergessen. Geh schon mal, ich komme nach.«
Maartje steht vor dem Klassenzimmer. Drinnen ist es sehr laut. Vorsichtig macht sie die Tür auf. Der Krach kommt von Hans. Er kehrt heftig. Und er flucht laut.
Maartje bleibt an der Tür stehen. Am Schluß packt Hans den Papierkorb und wirft ihn quer durch das Klassenzimmer. Die Papierschnipsel fliegen durch die Gegend. Hans dreht sich um und sieht Maartje.
»Das tut gut!« schnauft er.
Und tritt gegen die Tafel.
»Au, verdammt! Mein Zeh!«
»Du hast ja auch nur Turnschuhe an«, sagt Maartje.
Hans reibt seinen Zeh.
»Warum bist du zurückgekommen?«
»Ich habe mein Federmäppchen vergessen. Soll ich dir helfen, das Papier aufzusammeln?«
»Brauchst du nicht«, sagt Hans. Zum Glück ist er wieder normal.
»War das wegen uns?« fragt Maartje ängstlich. »Warst du sauer auf uns?«
»Nein, nicht auf euch. Aber manchmal hätte ich gern einen anderen Beruf. Und einige Leute sollten wirklich keine Kinder haben dürfen. Tschau,

Maartje, bis morgen. Und deine Geschichte war sehr verständlich geschrieben. Ich habe genau kapiert, was du meinst.«
Maartje schaut ihn an und deutet auf seine Füße. »Außerdem sind es auch noch ganz billige Turnschuhe.«

Als Maartje heimkommt, sagt ihre Mutter: »Nimm deine Butterbrote mit nach oben. Bella ist mit den Katzen in deinem Zimmer.«
Bella sitzt auf Maartjes Bett und ißt, die Kätzchen liegen dicht neben ihr.
»Nein«, sagt sie zu Wiedus, »das ist mein Butterbrot. Und Schokostreusel sind nichts für dich.«
»Wann gehst du weg?« fragt Maartje.
»N-nächste Woche, g-glaube ich.«
Maartje seufzt. Bella seufzt auch. Dann nimmt Maartje den kleinen Dan und setzt ihn auf Bellas Schoß.
»Hier. Für dich. Du hast ihn doch auch am liebsten?«
»Ja«, sagt Bella.
Sie streichelt ihn. Und sagt: »Nein, nein. Das wäre nicht gut für dich. So ganz ohne Donald und Wiedus und Maartje. Da würdest du nur traurig sein.«
»W-willst du ihn wi-wirklich nicht?« fragt Maartje.
»H-hach! Du st-stotterst!« sagt Bella.
Beide lachen.
»N-nein«, sagt Bella, »er g-gehört zu dir.«
Maartje nickt. Es ist schwer.

»Sollen wir uns schreiben?« fragt sie und richtet sich auf. »Wenn du wieder zuhause bist?«
»P-prima«, sagt Bella. »D-dann male ich K-kätzchen für dich.«
Unten hören sie Frau Grün rufen. Sie will Bella abholen.

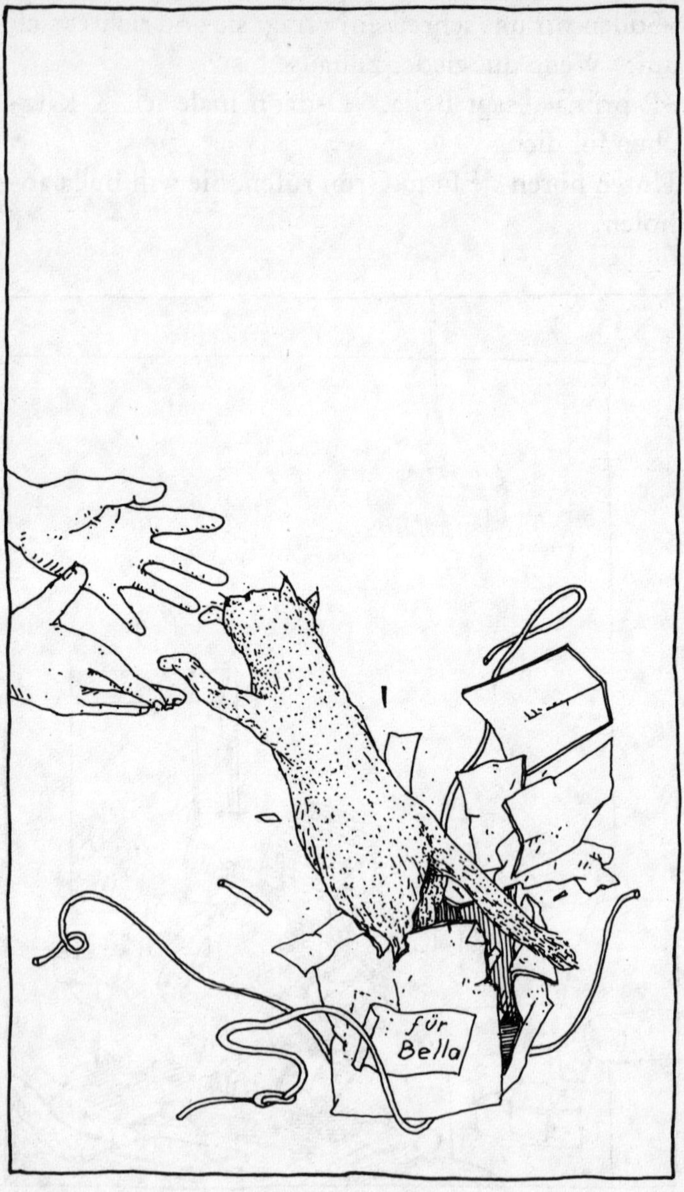
für
Bella

»Ist es euch gut gegangen?« fragt sie.
»Wir haben Geschichten geschrieben«, erzählt Maartje. »Und Hans hat gesagt, die von Bella gefällt ihm am besten. Und wir werden uns Briefe schreiben. Bella und ich.«
»Das ist schön«, sagt Frau Grün. »Wirklich schön.«
»Frau Grün«, fragt Maartje. »Wenn Bella wieder daheim ist, glauben Sie, daß sie dann wieder ein Kätzchen haben darf?«
Frau Grün nickt. »Bestimmt. Ganz bestimmt. Dafür werde ich sorgen, daß sie eins bekommt.«
Maartje schaut den beiden nach, wie sie über die Straße gehen. Bella hat denselben Rock an wie damals, als sie sie zum ersten Mal gesehen hat.
Sie steckt noch immer so komisch in ihrer Haut, denkt Maartje.

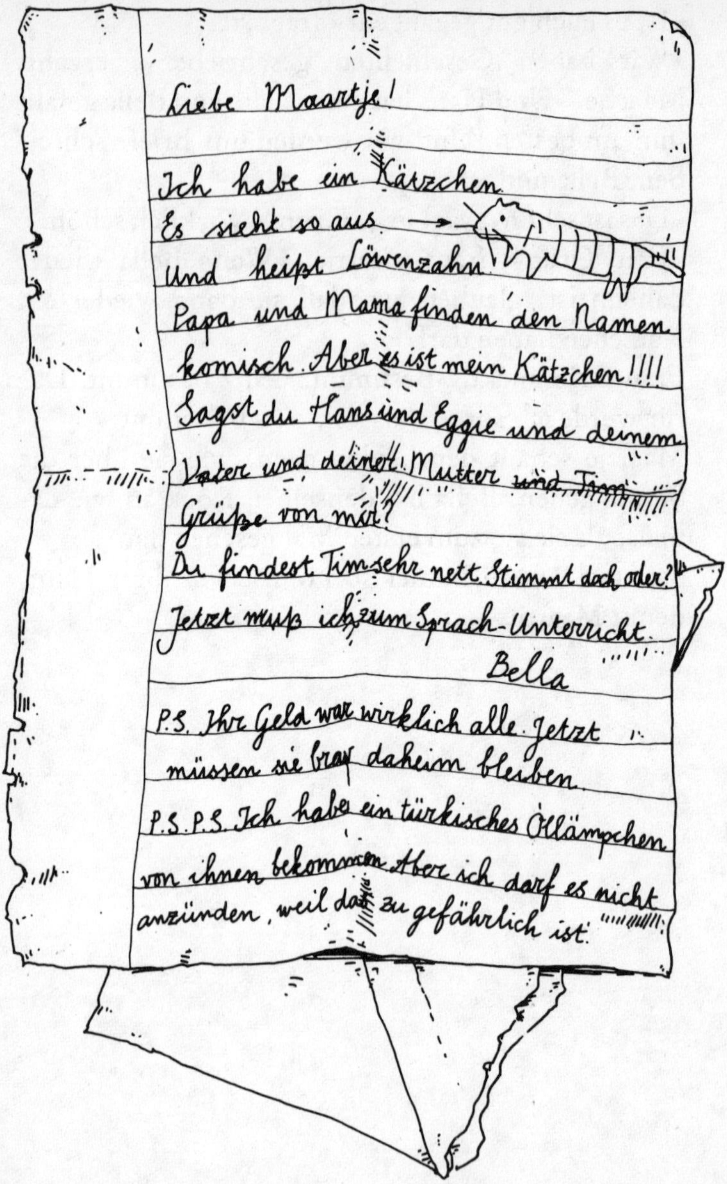

Liebe Maartje!

Ich habe ein Kätzchen.
Es sieht so aus →
Und heißt Löwenzahn.
Papa und Mama finden den Namen
komisch. Aber es ist mein Kätzchen!!!!
Sagst du Hans und Eggie und deinem
Vater und deiner Mutter ~~und Tim~~
Grüße von mir?
Du findest Tim sehr nett. Stimmt doch oder?
Jetzt muß ich zum Sprach-Unterricht.

Bella

P.S. Ihr Geld war wirklich alle. Jetzt
müssen sie brav daheim bleiben.
P.S. P.S. Ich habe ein türkisches Öllämpchen
von ihnen bekommen. Aber ich darf es nicht
anzünden, weil das zu gefährlich ist.

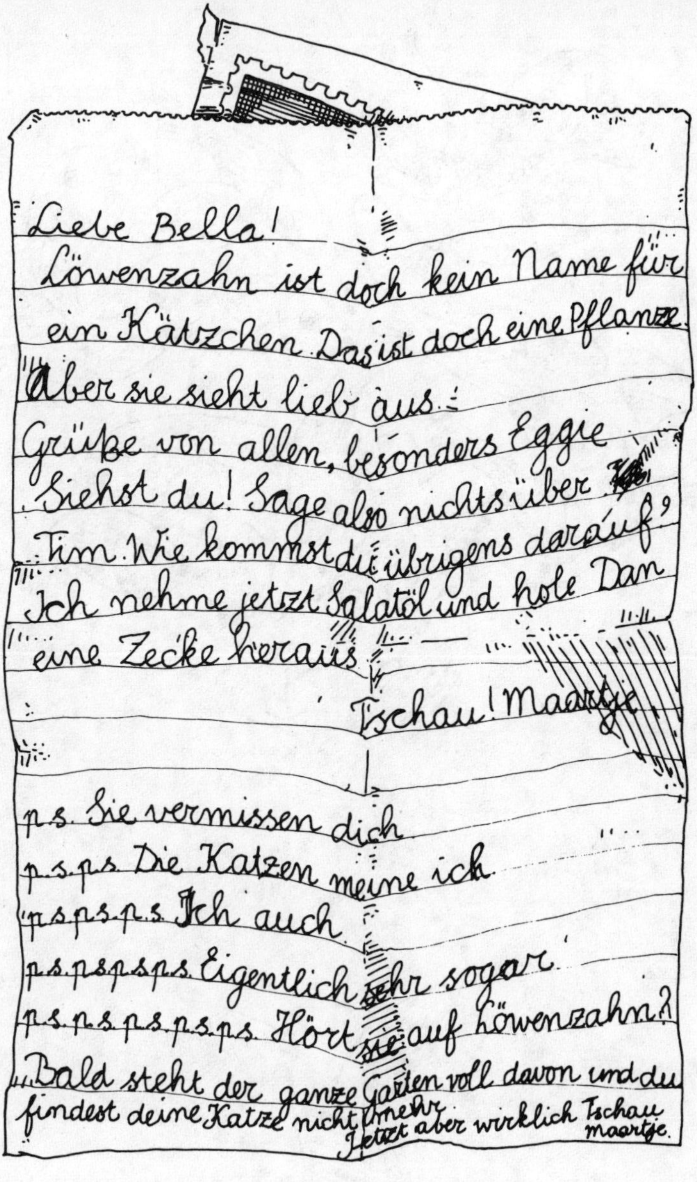
Liebe Bella!
Löwenzahn ist doch kein Name für
ein Kätzchen. Das ist doch eine Pflanze.
Aber sie sieht lieb aus.
Grüße von allen, besonders Eggie
Siehst du! Sage also nichts über
Tim. Wie kommst du übrigens darauf?
Ich nehme jetzt Salatöl und hole Dan
eine Zecke heraus

Tschau! Maartje

p.s. Sie vermissen dich
p.s.p.s. Die Katzen meine ich
p.s.p.s.p.s. Ich auch
p.s.p.s.p.s.p.s. Eigentlich sehr sogar.
p.s.p.s.p.s.p.s.p.s. Hört sie auf Löwenzahn?
Bald steht der ganze Garten voll davon und du
findest deine Katze nicht mehr
Jetzt aber wirklich Tschau
maartje.

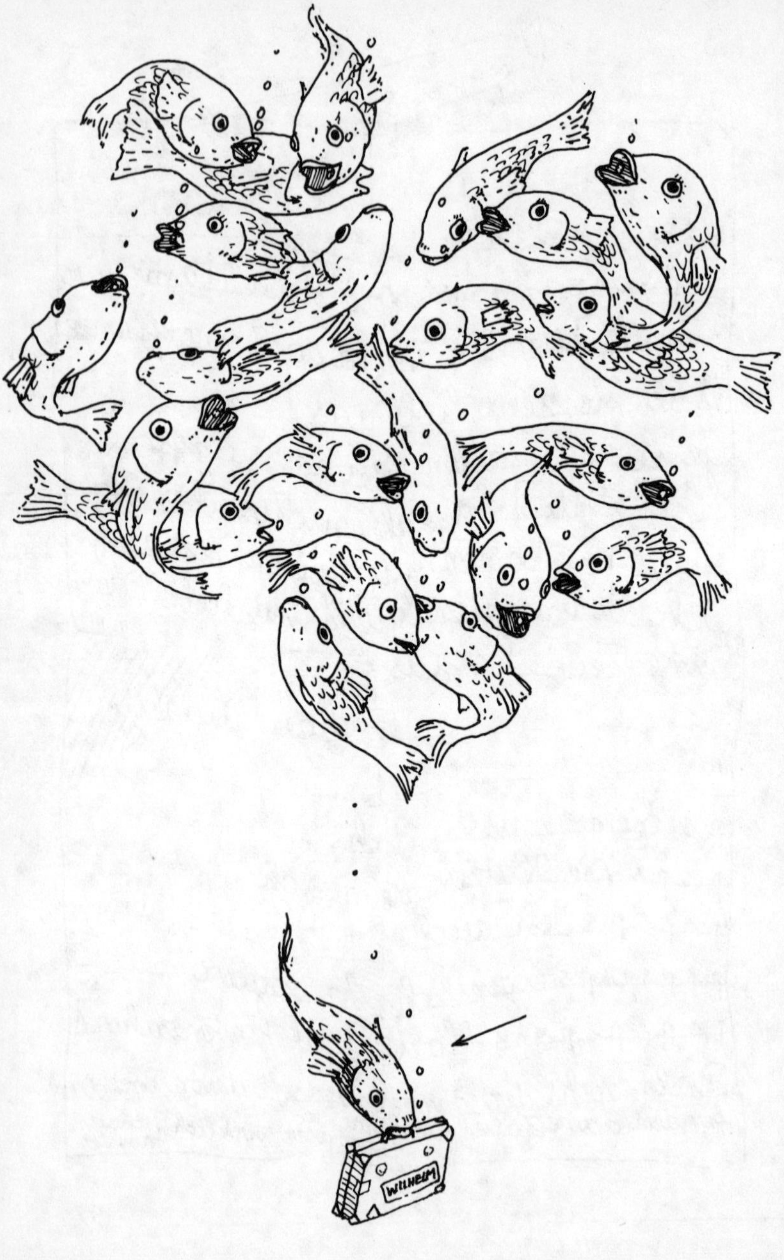
WILHELM

Fisch mit Füßen und Negerküssen

Maartje und Egbert sind auf dem Weg zu Frau Grün. Maartje, weil sie ihr den Brief von Bella zeigen will, und Egbert einfach so.

Sie gehen langsam. Ab und zu kickt Egbert gegen einen Stein.

»Kann ich den Brief auch mal lesen?« fragt er.

»Wieso denn?« fragt Maartje. »Ist Bella auf einmal keine blöde Kuh mehr? Vor ein paar Tagen hast du noch ›Stotterliese‹ gesagt.«

Egbert schweigt.

»Also was ist?« fragt Maartje.

»Du warst auch nicht immer besonders nett zu ihr«, verteidigt er sich.

»Das ist was anderes«, sagt Maartje. »Willst du einen Kaugummi?«

»Was für einen? Einen Bubble-Gum?«

Maartje schüttelt den Kopf. »Einen zuckerfreien Ist-gut-für-die-Zähne-Kaugummi.«

»Dann lieber nicht«, sagt Egbert.

»Was hast du denn?« fragt Maartje. »Du bist in der letzten Zeit so ... so angeschimmelt. Bist du krank?«

»Wie meine Mutter«, sagt Egbert giftig. »Genau dasselbe: Bist du krank? Ißt du auch genug Obst? Warst du heute schon auf dem Klo? Bald schickst du mich auch noch früh ins Bett. Ich könnte platzen, wenn ich sowas höre.«

»Mensch, dann platz doch!« sagt Maartje.
Egbert bleibt stehen.
»Wie findest du eigentlich meine Arme, Maartje?«
»Was?« fragt sie erstaunt.
»Und meine Beine!« sagt Egbert. »Wie findest du meine Beine?«
»Bekloppt«, sagt Maartje. »Ich versteh kein Wort.«
»Sie sind zu lang«, klagt Egbert. »Viel zu lang! Schau mal!« Er streckt seine Arme aus. »Wie Fliegenklatschen. Gib's zu.«
»Du spinnst«, sagt Maartje.
Egbert hört nicht hin.
»Und mein Kopf erst! Kein Mensch hat so einen Kopf.«
Maartje lacht laut. »Das stimmt. Du bist der einzige mit so einem Kopf.«
»Siehst du«, sagt Egbert und hält seinen Kopf fest. «Ein Ei mit schiefen Augen.«
Maartje lacht noch lauter.
»Stell dich nicht so an! Das bist du, einfach Eggie. Und jetzt komm endlich.«
»Schau mich doch an!« beharrt Egbert. »Wie ein Idiot sehe ich aus. Gib's zu! Du brauchst mich nicht zu schonen.«
Maartje legt ihm die Hand auf den Arm. »Das könnte ich gar nicht.«
Egbert antwortet nicht. Mit einem traurigen Gesicht läuft er neben Maartje her.

Frau Grün freut sich, daß Maartje gekommen ist, um ihr den Brief zu zeigen.
»Mir hat sie auch geschrieben«, sagt sie. »Kommt rein, setzt euch. Schön, Egbert, daß ich dich auch mal sehe. Ich habe schon viel über dich gehört.«
»Hm«, brummt Egbert unfreundlich.
»Ich gehe mal in die Küche und hol was für euch«, sagt Frau Grün.
Als sie weg ist, flüstert Maartje böse: »Wenn du weiter so eklig sein willst, dann hau lieber gleich ab.«
Egbert streckt wieder seine Arme vor.
»Fliegenklatschen«, murmelt er. »Und nicht mal gleich lang!«
Maartje gibt es auf. Der spinnt.
Frau Grün kommt ins Zimmer zurück. Sie bringt Cola. Und einen Teller Negerküsse. Sie hält sie Maartje vor die Nase. Zögernd nimmt Maartje einen und beißt hinein.
»Maartje und ich wissen, was gut ist.«
Frau Grün gibt Egbert auch einen.
»Müssen Sie jetzt nicht ihre Füße baden?« fragt Egbert.
»Eggie!« sagt Maartje und schämt sich schrecklich.
Aber Frau Grün lacht laut.
»Das hat sich wohl schon rumgesprochen, aber Besuch geht vor.«
»Tun Sie's ruhig«, sagt Egbert. »Ich bin kein Besuch. Ich bin Einfach-Eggie.«
»Einfach-Eggie?« fragt Frau Grün.
Egbert geht nicht darauf ein. Er zeigt in eine Ecke

LIEBE
ELVIRAS HEIMLICHE LIEBE

des Zimmers. »Der Fisch hat es da zu warm unter der Stehlampe.«
Erst jetzt sieht Maartje das Fischglas auf der Kommode. Ein rundes Glas, dessen Boden mit Sand bedeckt ist. Und zwischen zwei Wasserpflanzen schwimmt ein Goldfisch.
»Haben Sie den neu?« fragt Maartje.
»Ja«, sagt Frau Grün. »Der bringt mich wenigstens nicht zum Niesen. Und ich habe trotzdem ein Tier im Haus.«
»Aber so wird er gekocht, da unter der Lampe«, sagt Egbert.
»Meinst du?« Frau Grün steht auf und verschiebt das Glas. »So, Wilhelm, da ist es weniger warm«, sagt sie. Dann deutet sie auf die Negerküsse. »Bedient euch. Ich hol mir meine Waschschüssel.«
»Wilhelm?« fragt Maartje. »Er heißt Wilhelm?«
Frau Grün lacht verlegen. »Das war meine erste Liebe,« sagt sie und geht aus dem Zimmer.
Als sie zurückkommt, trägt sie vorsichtig eine Schüssel mit warmem Wasser und ein Fläschchen. Über ihrem Arm hängt ein Handtuch. Sie stellt die Schüssel auf den Boden, nimmt aus dem Fläschchen eine Tablette und läßt sie ins Wasser fallen. Es fängt sofort an zu sprudeln. Frau Grün stellt ihre Füße hinein. »Ach, das tut gut.«
»Komisch sieht das aus. Wie Cola für Füße«, sagt Maartje.
»Aber angenehm«, sagt Frau Grün. »Es kribbelt so schön zwischen den Zehen.«

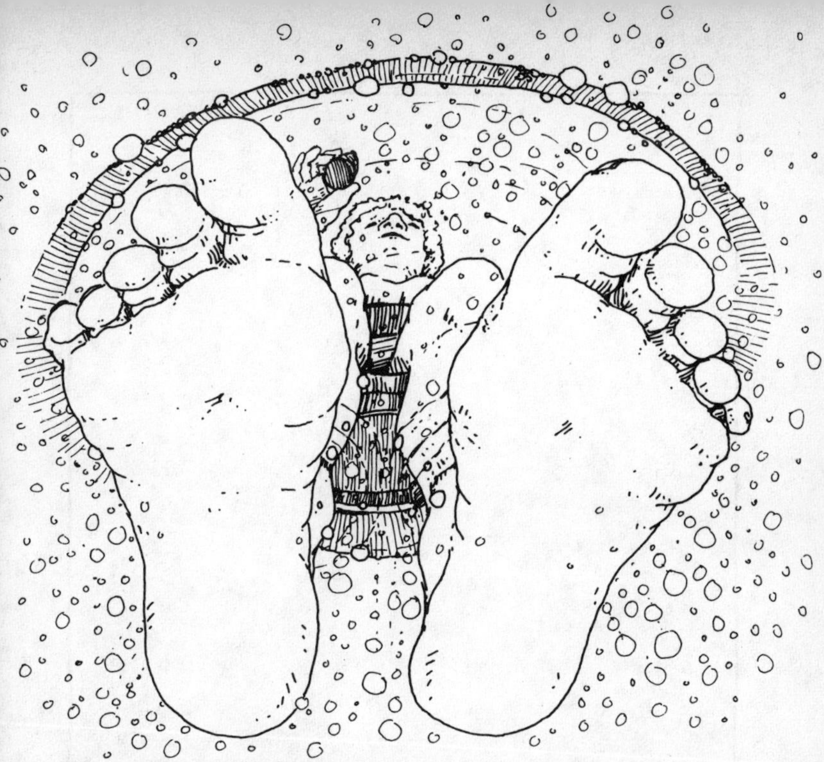

Plötzlich sagt Egbert: »Frau Grün, schauen Sie mich mal genau an.«
Frau Grün hebt den Kopf und schaut ihn an.
»Bin ich nicht anders?« fragt Egbert.
»Anders als wer?«
»Als die anderen«, sagt Egbert ungeduldig.
»Er meint, er sieht nicht normal aus«, erklärt Maartje. »Der spinnt in letzter Zeit. Pubertät würde meine Mutter sagen. Oder er ist verliebt. Das kann auch sein. Der Eggie ist verl. . .« Sie kann ihren Satz nicht fertig sprechen. Egbert springt auf, boxt sie und schreit: »Halt den Mund, blöde Kuh!« Seine Stimme klingt ganz hoch und schrill.

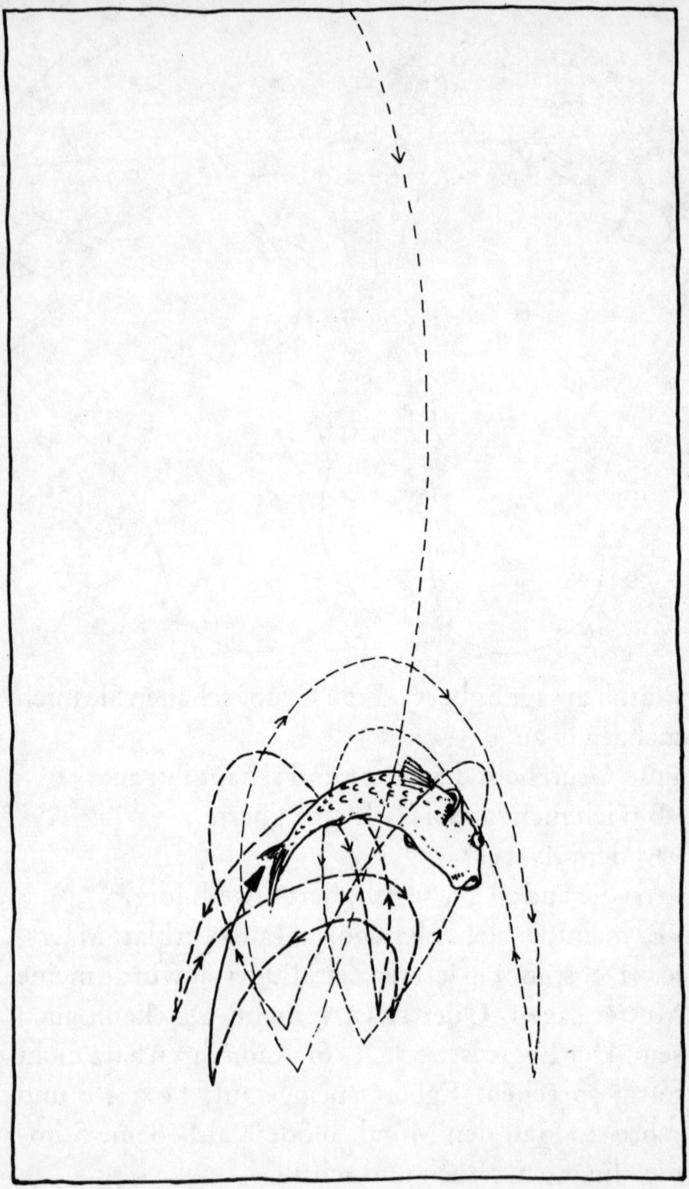

»Au!« sagt Maartje.
Frau Grün fällt der Negerkuß ins Wasser. Platsch.
Und dann platscht es noch einmal.
Maartje ruft: »Das Glas! Hilfe, der Fisch!«
Das Fischglas ist zersprungen. Und zwischen Scherben, Wasser und Sand liegt Wilhelm auf dem Boden und schnappt nach Luft.
Egbert springt auf. Er hebt Wilhelm hoch und schaut sich suchend um. Die Waschschüssel. Natürlich, die Waschschüssel. Es platscht noch ein drittes Mal, und dann liegt Wilhelm zwischen Brause, Negerkuß und den Zehen von Frau Grün. Die zieht schnell ihre Füße aus dem Wasser.
»Das ist nicht gut für ihn«, sagt sie besorgt. »Kohlensäure ist bestimmt nicht gesund.«
»Cola auch nicht«, kichert Maartje. »Davon wird man bloß dick.«
Wilhelm schwimmt. Noch ein bißchen benommen, aber er schwimmt.
»Ich hole schnell was anderes«, sagt Frau Grün. Sie tapst mit nassen Füßen in die Küche. Maartje hinter ihr her. Frau Grün füllt einen Kochtopf mit Wasser.
»Vorläufig muß das reichen«, sagt sie. »Morgen kaufe ich ihm ein neues Glas. Hier, Maartje, der Putzlappen. Nimm auch Schaufel und Besen mit.«
Es ist nicht leicht, Wilhelm aus der Waschschüssel herauszufischen. Wahrscheinlich mag er Kohlensäure mit Schokolade. Aber mit einem Schaumlöffel klappt es endlich.
Dann räumen sie den Trümmerhaufen auf. Das

heißt, Maartje und Frau Grün räumen auf, Egbert starrt vor sich hin.
»Eggie, Mensch, hilf doch mal!« sagt Maartje. »Schließlich ist es deine Schuld. Das Glas ist vor deinem Gekreische erschrocken.«
»Glas kann nicht erschrecken«, sagt Egbert.
»Aber platzen«, sagt Frau Grün. »Vorsicht mit den Scherben.«
»Dann ziehen Sie erst mal Ihre Schuhe an«, sagt Egbert.
Seine Stimme klingt wie immer. Er ist wieder der alte Eggie. Er steht auf und legt die Wasserpflanzen in den Kochtopf.

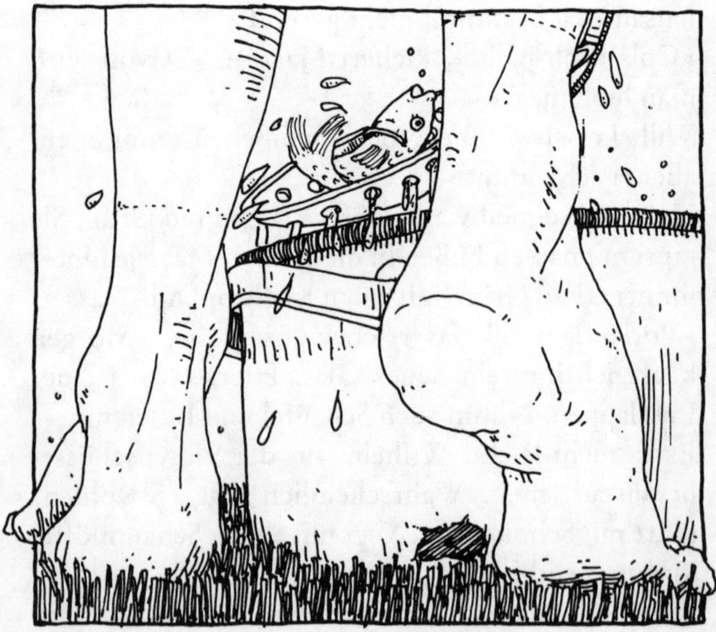

»Jetzt fühlt er sich wieder daheim, der Wilhelm.«
Als sie wieder um den Tisch sitzen, fragt Frau Grün: »Also, Egbert, warum meinst du, daß du anders bist?«
Egbert denkt nach. »Ich habe gedacht, daß kein Mensch solche Arme und Beine hat. Aber jetzt ist es vorbei. Seltsam.«
»Du bist ein Flippi«, sagt Maartje. »Wenn ich jetzt auch so reden würde. Ich seh komisch aus und so.«
»Oder ich«, sagt Frau Grün düster.
Maartje und Egbert schauen sie erstaunt an.
»Na ja«, sagt sie. »Findet ihr nicht auch, daß meine Nase aussieht wie eine Erdbeere?«
»Auch das noch!« stöhnt Maartje. »Nein! Nein! Nein!«
»Gott sei Dank«, seufzt Frau Grün.
Maartje steht auf und gibt ihr einen Kuß auf die Nase. »Nein«, sagt sie, »sie sieht aus wie eine Himbeere.«

Bäumchen, Bäumchen, wechsel dich . . .

»Der muß wirklich weg«, sagt Maartjes Mutter, als Maartje freitags von der Schule heimkommt. »Sonst kracht er noch um, wenn jemand druntersteht. Und dann ist's passiert.«
»Kommt gar nicht in Frage«, sagt Maartje. »Das ist mein Baum. Er steht vor meinem Fenster.«
»Aber er ist tot«, beharrt die Mutter. »Ehrlich, ein bißchen Wind, und er fällt um.«
»Mensch, Mama!« sagt Maartje empört.
Sie ahmt die Stimme ihrer Mutter nach: »Ich liebe Bäume. Stellt euch vor, wenn es keine mehr gäbe. Furchtbar wäre das!« Maartje schüttelt sich. »Und sowas ist Mitglied in Bürger-Initiativen. Steht aber ein Baum im eigenen Garten, ein hilfsbereiter, schöner Baum, dann muß er raus. Das ist insequent von dir.«
»Inkonsequent heißt das«, sagt die Mutter. »Und außerdem ist ein Baum nicht hilfsbereit.«
»Du verstehst nichts, wieder mal nichts,« seufzt Maartje. »Er hebt Sachen für mich auf.«
»Was?« fragt ihre Mutter ungläubig. »Er hebt was für dich auf?«
Maartje zieht ihre Mutter mit hinaus in den Garten. Der Baum ist ein Birnbaum, alt, mit Löchern und Höhlen im Stamm. Aus diesen Höhlen fischt Maartje nacheinander zwei Stück Kreide, eine Lakritze und sechs Nägel.

Aber die Mutter läßt sich nicht überzeugen. »Trotzdem muß er weg«, sagt sie. »Morgen wird er gefällt.«
»Du magst mich nicht«, schreit Maartje. »Daran sieht man, daß du mich nicht magst!«
»Nein!« schreit ihre Mutter zurück. »Im Moment nicht! Du kannst mich mal!«
»Und du mich! Bäume fühlen auch, daß du's nur weißt!«
»Übertreib doch nicht so«, sagt die Mutter aufreizend ruhig.
»Du übertreibst!« Maartje versucht, genau so ruhig zu sprechen wie ihre Mutter. Aber es gelingt ihr nicht. »Du übertreibst mit ein bißchen Wind und weg ist er.«

Den Rest des Tages schauen sich Maartje und ihre Mutter nicht mehr an.
Maartje probiert es bei ihrem Vater. Aber der findet auch, daß der Baum weg muß. Er zeigt ihr einen Katalog. »Es kommt ja wieder ein Baum hin. Schau, was hältst du von dem da?«
Im Katalog sind Fotos von prächtigen Bäumen mit dicken Stämmen.
»Ist der dann so?« fragt Maartje ungläubig. »So dick und so groß, meine ich.«
»Na ja, in ein paar Jahren schon.«
»Aber davon habe ich jetzt nichts«, sagt Maartje. »In ein paar Jahren bin ich alt!«
Traurig geht sie ins Bett. Die Gardinen läßt sie of-

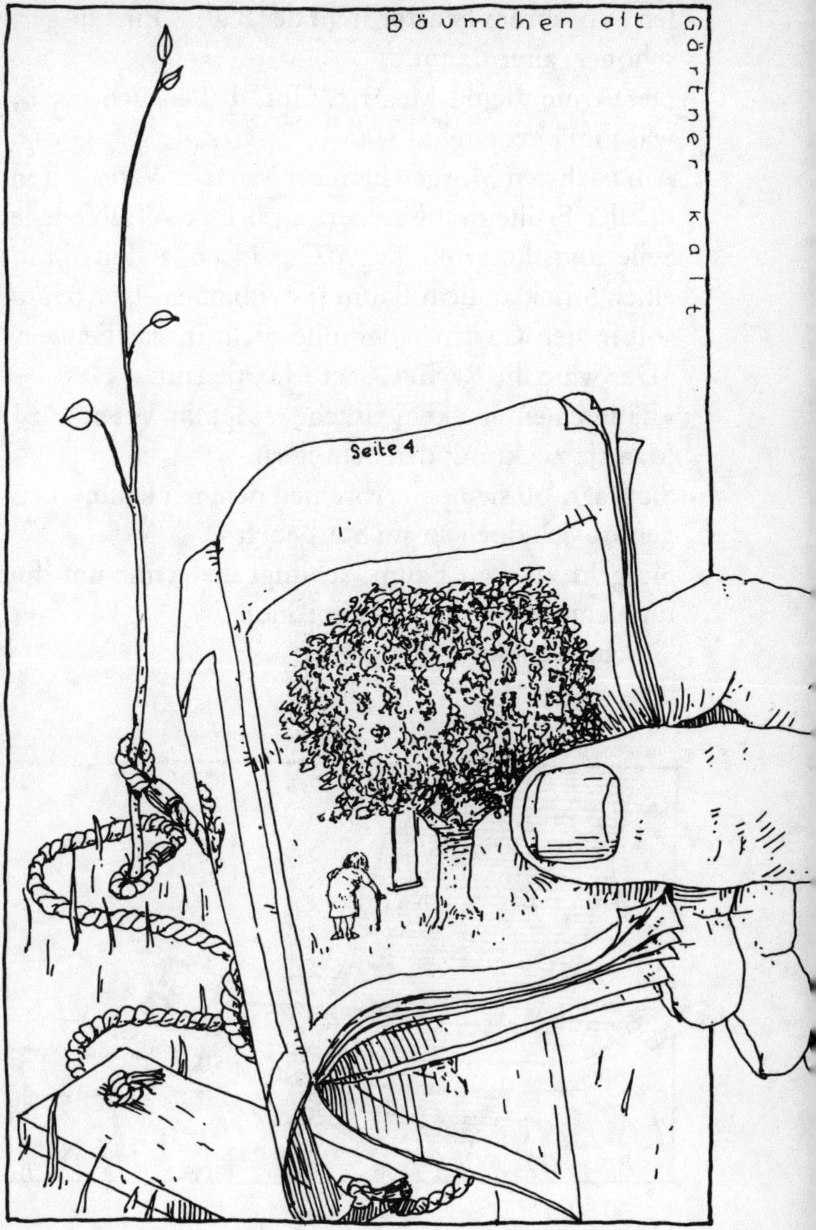
Bäumchen alt
Gärtner kalt
Seite 4

fen. Vor ihrem Fenster steht der Baum. Ein gütiger, schöner, alter Baum.
Der Arme, denkt Maartje. Gut, daß er nicht weiß, was ihm bevorsteht.
Am nächsten Morgen hantiert Maartjes Vater schon in aller Frühe draußen herum, bringt verschiedene Seile und die große Säge. Der Nachbar hilft ihm, einen Strick an dem Baum festzubinden. Der Baum soll in den Garten fallen und nicht in das Fenster.
»Das wäre die Rache«, sagt Maartje laut.
»Bäume nehmen keine Rache«, sagt ihr Vater.
Maartje zuckt mit den Schultern.
Sie fragt, ob sie noch Abschied nehmen kann. »Das gehört sich doch so am Sterbebett.«
Sie geht zu dem Baum, schlingt die Arme um ihn und legt das Gesicht an die Rinde.
»Tschau, Baum«, flüstert sie.

Dann tritt sie zur Seite und schaut zu, wie ihr Vater die Säge ansetzt.
»Au!« brüllt sie.
Erschrocken hält er inne.
»Was ist passiert?«
»Das ist der Baum«, sagt Maartje. »Oder was würdest du tun, wenn dich jemand in der Mitte durchsägt?«
»Jetzt hör aber auf!« sagt ihr Vater böse. »Ich bin zu Tod erschrocken. Bäume sind Dinge, keine Personen. Darf ich jetzt bitte weitermachen?«
Er bückt sich und sägt. Dann ist es passiert, der Baum fällt um. Haargenau dahin, wo er hinfallen sollte.
»Siehst du wohl?« sagt der Nachbar. »Mausetot. Jetzt aber ran. Wenn wir das verdammte Ding zersägt haben, können wir endlich Billard spielen.«
Maartje schaut ihn vernichtend an, aber der merkt es nicht einmal. Sie geht hinauf in ihr Zimmer und zieht die Gardine vor. Sie will nichts mehr sehen.
Aber nach einer Weile lugt sie doch nach draußen. Traurig sieht es aus. Überall liegen Äste und Zweige herum, der Stamm ist schon zersägt und aufgestapelt. Das war also mal ein Baum.
»Hallo, Maartje«, ruft ihre Mutter von unten. »Willst du helfen, den neuen Baum einzupflanzen?«
Maartje geht die Treppe hinunter.
Die Mutter hält ihr stolz einen Jutesack hin, aus dem ein armseliges Stämmchen herausschaut. »Das ist er.«

2.
Cafe-Billard
D
D

»Nennst du das einen Baum?« fragt Maartje. »Ein Kochlöffel mit Blättern ist das.«
»Keine Sorge, der wird noch. Nimm den Spaten und grab ein Loch. Hier, neben der Wurzel, die haben sie nicht rausgekriegt.«
»Wo sind die Mörder?« fragt Maartje.
»Billard spielen.«
»Feiglinge!«
Ihre Mutter grinst.
Zornig schippt Maartje, bis das Loch groß genug ist. Sie und die Mutter setzen das Bäumchen hinein und stampfen die Erde fest.
Verschwitzt stehen sie davor.
»Kann einem leid tun«, sagt Maartje.
»Was ist denn nun schon wieder?« fragt die Mutter und fährt sich mit der erdigen Hand über die Stirn.
»Das soll ein Baum werden?« sagt Maartje. »Der hat doch noch Angst im Dunkeln, so klein, wie der ist.«

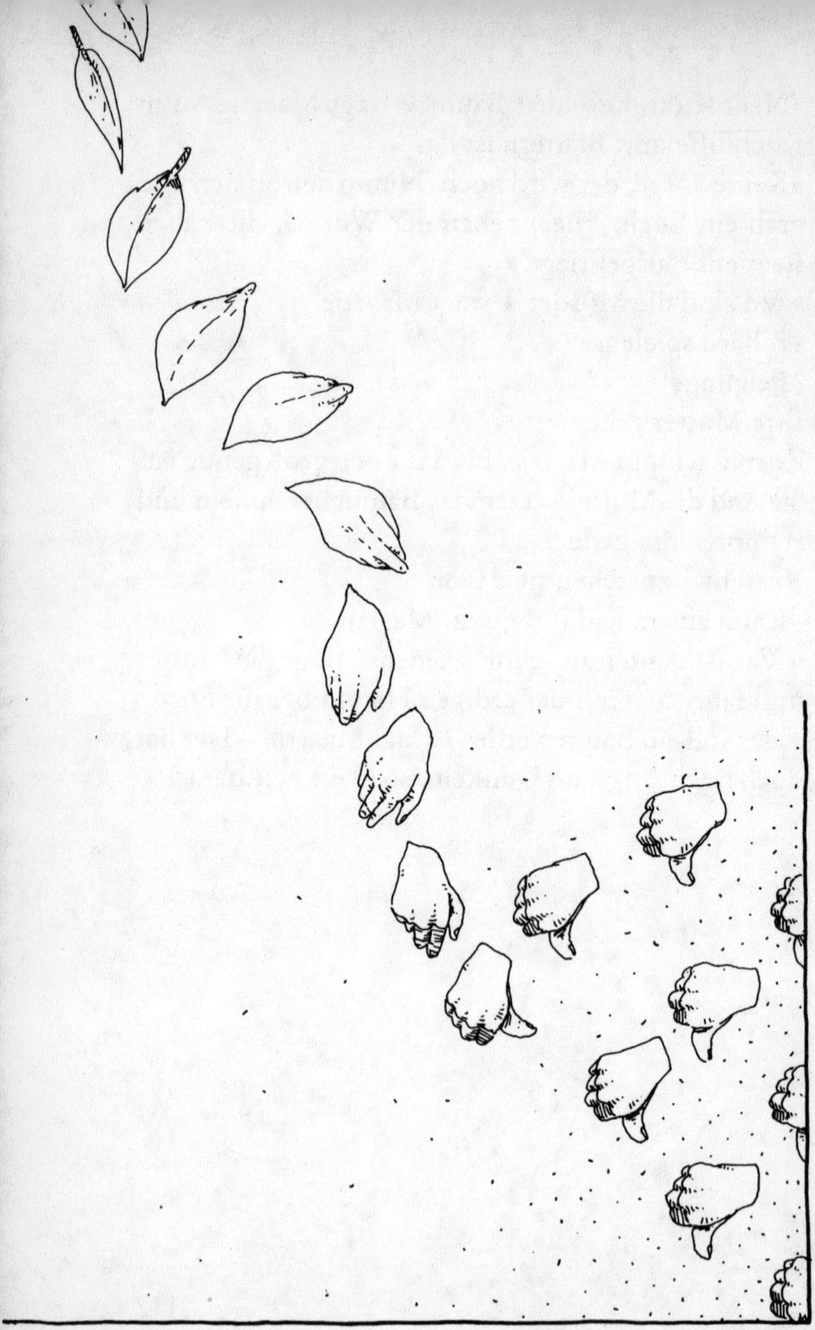

Knall-orange Langeweile

»Langweilig«, sagt Maartjes Mutter. »Ganz und gar langweilig.« Sie steht vor dem Spiegel.

»Was ist langweilig?« fragt Maartje.

»Meine Haare.«

Maartje schaut, kann aber nichts Besonderes entdecken. »Sie sehen ganz normal aus«, sagt sie. »Wie immer.«

Ihre Mutter schneidet eine Grimasse. »Das ist es ja gerade! Wie immer. Und darum langweilig.«

»Schneid sie dir doch ab«, schlägt Maartje vor.

Ihre Mutter faßt sich entsetzt an den Kopf. »Ich bin doch nicht wahnsinnig! Es hat lange genug gedauert, bis sie so lang waren. Nein, die Farbe gefällt mir nicht.«
»Aber so bist du doch«, sagt Maartje.
»Schon. Aber ich will mal was anderes. Was hältst du von blond?«
»Blöd. Du bist doch keine Barbie-Puppe.«
»Und rot? Blond steht mir nicht. Aber rot bestimmt. Ich färbe mir die Haare rot. Wie spät ist es?«
»Viertel vor zwölf«, seufzt Maartje.
Sie kennt ihre Mutter. Mit dem Kopf durch die Wand und am liebsten sofort. Wie mit den Jeans. Eine halbe Stunde später ist die Farbe gekauft.

Ihre Mutter hat die Haare gewaschen und eine uralte Bluse angezogen. Jetzt steht sie da und mischt ein ekelhaftes Zeug.
»Schau auf die Uhr! Zwanzig Minuten muß es drauf bleiben. Aber nicht länger, steht in der Gebrauchsanweisung.« Sie schmiert sich den roten Schlamm auf den Kopf und stülpt am Schluß noch eine Plastiktüte darüber.
In diesem Moment klingelt das Telefon. Maartje nimmt den Hörer ab.
»Ja, Mama ist zuhause, aber . . .«
»Wer ist es denn?« ruft ihre Mutter.
»Janna. Sie hat einen neuen Job, glaub ich.«
»Toll.«
Die Mutter nimmt Maartje den Hörer aus der Hand.

»Hallo, Janna, erzähl mal!«
Sie kichert. Und quatscht. Und lacht. Janna hat anscheinend nicht nur eine neue Arbeit, sondern auch einen neuen Freund. Maartje schaut auf die Uhr. Ist ja alles schön und gut, aber allmählich wird es Zeit, die Farbe abzuspülen.
»Mama«, sagt Maartje warnend.
»Pst!« Die Mutter macht eine abwehrende Bewegung mit der Hand.
»Deine Haare, Mama.«
Ihre Mutter legt die Hand über die Sprechmuschel. »Ja, gleich«, flüstert sie. »Nur noch einen Moment.«
Die zwanzig Minuten sind inzwischen fünfundzwanzig geworden. Maartje deutet auf die Uhr. Ihre Mutter nickt und tratscht weiter. Maartje hüpft vor ihr herum und schneidet Fratzen.
Jetzt sind es dreißig Minuten.
Maartje ist sauer. So sind die Erwachsenen. Erst verlangen sie was, und dann hören sie doch nicht auf einen. Maartje nimmt ein Buch und versucht zu lesen.
Siebenunddreißig Minuten. Jetzt legt ihre Mutter endlich auf. »Bis bald, Janna.«
Sie schaut auf die Uhr und rennt ins Badezimmer. Maartje rennt hinterher. Jetzt wird's spannend.
Die Mutter beugt sich über die Badewanne und spült mit der Dusche ihre Haare aus. Dann schaut sie in den Spiegel. Langsam werden ihre Augen groß. »Schau dir das an! Hast du das gesehen?«
Natürlich hat Maartje es gesehen. Die Haare sind

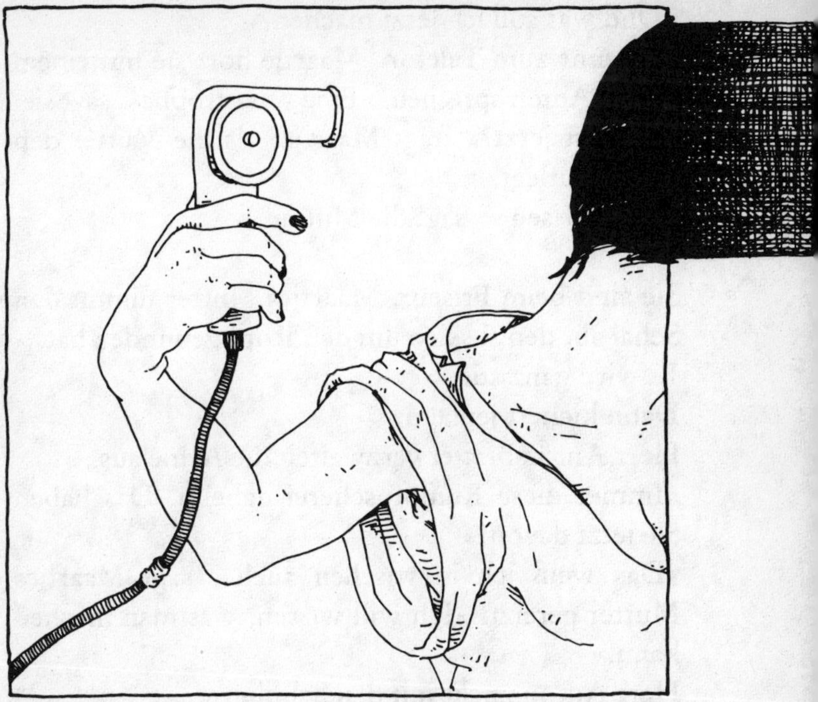

gefärbt. Und wie! Knall-orange! Karotten sind nichts dagegen.
»Und sie sind noch nicht mal trocken«, stöhnt die Mutter. Sie schaltet den Föhn ein. Von Minute zu Minute wird die Farbe kräftiger. Als die Haare endlich trocken sind, leuchten sie richtig.
Die Mutter ist verzweifelt. Um sie zu trösten, sagt Maartje: »Langweilig sind sie jetzt nicht mehr. Du siehst aus wie eine Flamme.«
Ihre Mutter guckt sie wütend an.
»Du brauchst gar nicht so zu gucken!« wehrt sich Maartje. »Meine Schuld ist es nicht.«

»Und was soll ich jetzt machen?«
Sie rennt zum Telefon. Maartje hört sie mit einem Herrn Anton sprechen. »Eine Katastrophe«, sagt sie.
»Was ist jetzt?« fragt Maartje, als die Mutter den Hörer auflegt.
»Zum Friseur«, sagt die Mutter.

Sie sind beim Friseur. Maartjes Mutter nimmt den Schal ab, den sie sich um den Kopf gebunden hat.
Es wird ganz still.
Dann kichert jemand.
Herr Anton breitet verzweifelt die Arme aus.
»Immer diese Rumpfuscherei daheim. Das haben Sie jetzt davon!«
»Das weiß ich inzwischen auch«, sagt Maartjes Mutter gereizt. »Ich will wissen, was man machen kann.«
Herr Anton zuckt mit den Schultern.
»Färben«, sagt er. »Wir werden es in Ihrer alten Farbe färben.«
Sie gehen in eine Kabine. Die Mutter setzt sich in den Friseurstuhl, Maartje daneben auf einen Hokker. Und zum zweiten Mal an diesem Tag wird der Kopf der Mutter mit Schlamm eingeschmiert. Diesmal von einem Mädchen, das Anja heißt. So steht es wenigstens auf ihrer Bluse.
»Ein paar Minuten muß es einziehen«, sagt Anja mitleidig. »Möchten Sie inzwischen eine Tasse Kaffee?«
Die Mutter will. Maartje bekommt Limonade, die

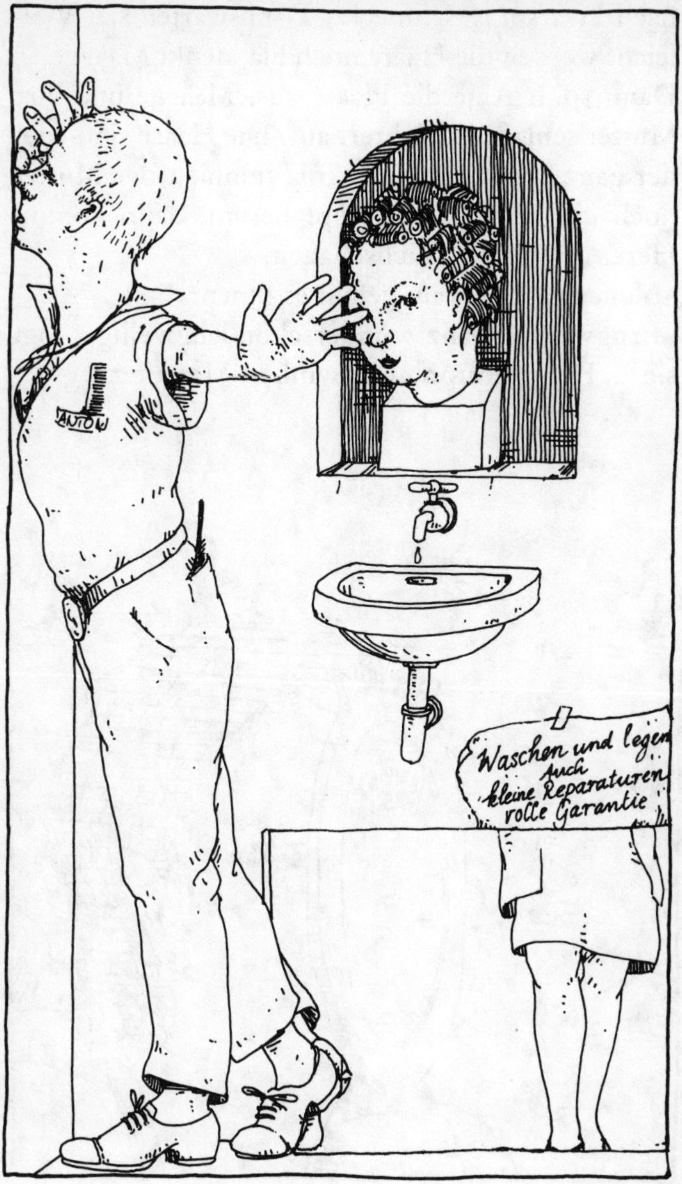
ANTON
Waschen und legen
auch
kleine Reparaturen
volle Garantie

nach Haarspray schmeckt. Dann warten sie. Vielleicht werden die Haare noch lila, denkt Maartje. Dann spült Anja die Haare aus. Maartje und ihre Mutter seufzen erleichtert auf. Die Haare sind wieder ganz normal braun. Anja fummelt der Mutter noch ein bißchen am Kopf herum, dann kommt Herr Anton zum Nachschauen.
»Nun, gnädige Frau, gefällt es Ihnen?«
»Langweilig. Ganz wunderschön langweilig«, sagt sie zu Herrn Anton und zwinkert Maartje zu.

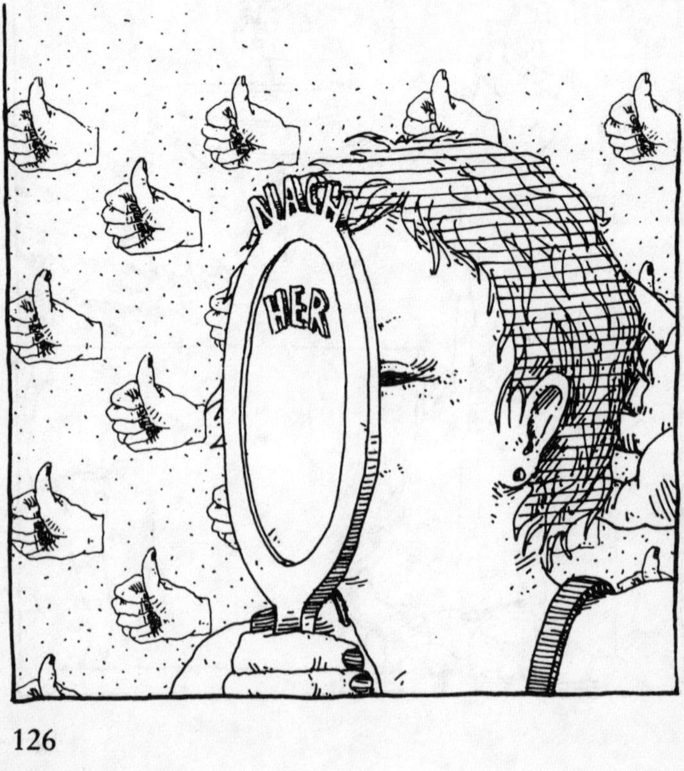

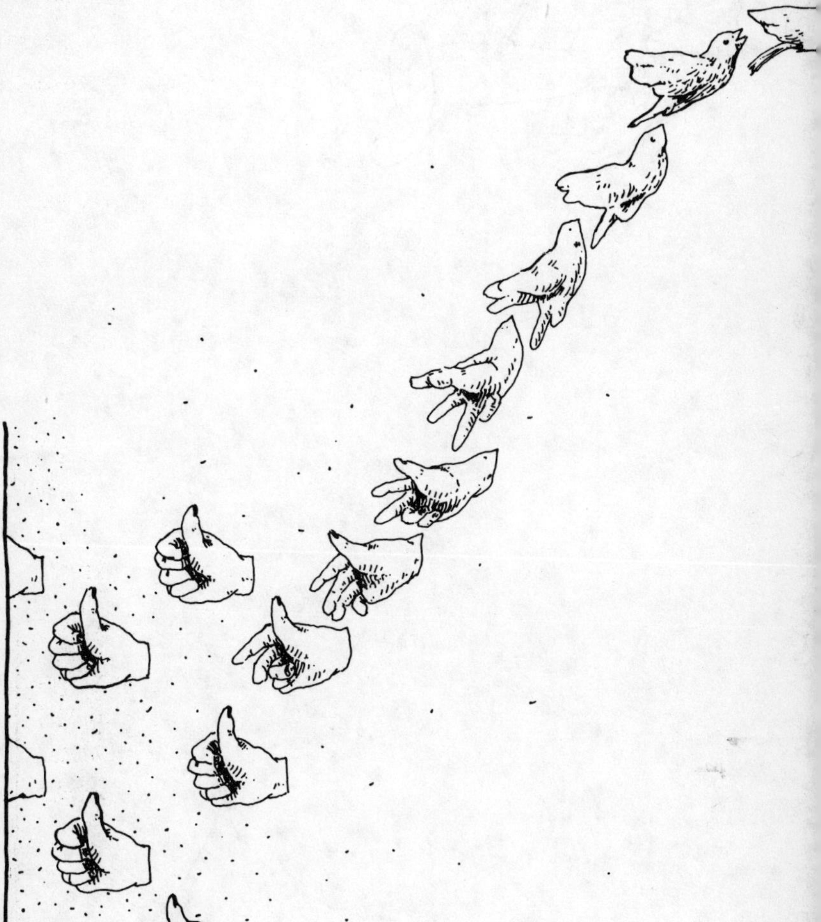

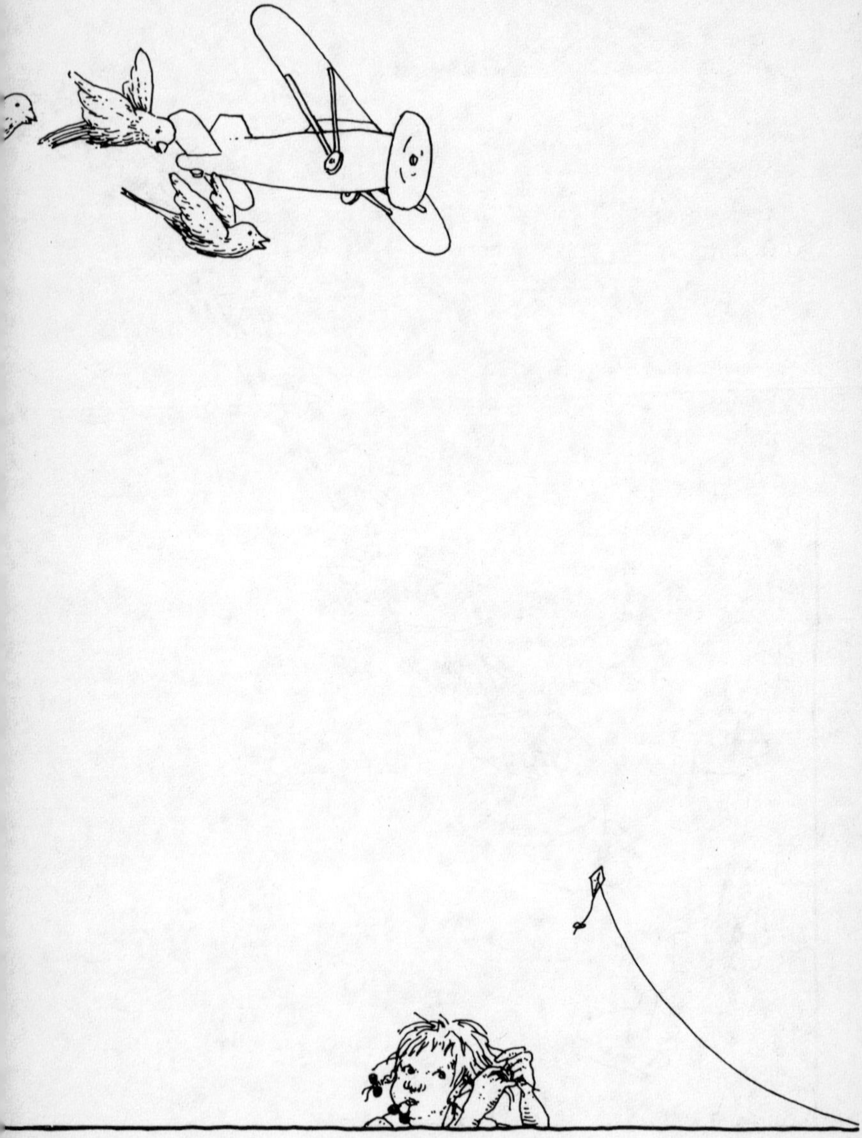

»So ein Blödsinn«, murmelt Gaia. »Immer was Neues. Warum kann ich nicht einfach Holz anmalen?«
»Hast du was?« fragt Hans.
»Ja. Warum müssen wir auf einmal blödsinnige Drachen machen?«
»Weil das mal was anderes ist«, sagt Hans.
Tim sitzt da und blättert in dem Drachenbuch. Jetzt schaut er hoch. »Ich nehme an, er hat wieder mal einen Fortbildungskurs gemacht.«
»Ja, das auch«, sagt Hans. »Aber wenn ihr nicht wollt, bemalen wir eben Holz oder Pappdeckel.«
Tim gibt das Buch weiter. »Ich baue ein Kampf-Flugzeug«, sagt er.
Hans seufzt. »Das hätte ich mir denken können.«
»Ich mache einen normalen Drachen«, sagt Gaia versonnen. »Aber einen ganz schönen. Mit viel Gold und Flitter. Geht das?«
»Alles geht«, sagt Hans.
Maartje, die bis jetzt den Mund gehalten hat, fragt: »Wirklich alles?«
»Fast alles«, sagt Hans. »Warum fragst du?«
»Hm«, brummt Maartje.
»Eine klasse Erklärung«, sagt Hans und geht zu den anderen.
Die meisten haben schon angefangen.

»Was willst du denn machen?« fragt Gaia Maartje.
»Ich will selber.«
»Was selber?« fragt Tim interessiert.
»Fliegen.«
Maartje hält ihm das Buch hin und zeigt auf ein Bild. Ein Mann, der an einem Stock mit einer Art Flügel hängt.
»Das schaffst du nie!« sagt Tim.
»Warum nicht?«
»Darum nicht!« sagt er.
Gaia mischt sich ein. »Selbst wenn du es schaffst, bist du zu schwer dafür, Pummel.«

Da ist es wieder, dieses Wort. Maartje ärgert sich und kaut an ihrem linken Zopf herum. Tim schaut sie an. Maartje fühlt, daß sie rot wird.
Da kommt Hans wieder. »Nun?«
»Sie will das hier.« Gaia zeigt auf das Bild.

»Das ist eine Mordsarbeit«, sagt Hans. »Aber es könnte gehen.«
»Sie will selber fliegen«, sagt Tim.
»Im Ernst, Maartje?«
Maartje nickt.
»Den Flieger können wir schon machen, aber das Fliegen schlag dir aus dem Kopf. Das ist lebensgefährlich.«
»Ja, aber . . .« fängt Maartje an.
In diesem Moment läutet es.
Schluß mit Ja-aber.

Gaia geht mit Maartje heim. Weil Gaias Mutter bei Maartjes Mutter auf Besuch ist. Nur deshalb.
Maartje denkt: So ein Miststück! Nett tun, wenn wir beide allein sind. Aber wehe, es sind andere dabei! Wie Tim.
Tim rast mit einem Affenzahn an ihnen vorbei.
»Aufpassen, Weiber!« ruft er.
»Selber!« schreit Gaia mit einer hohen Kreisch-Stimme. »Blödmann!«
Tim lacht. »Bis morgen! Und flieg schön, Maartje.«

Die beiden Mütter haben es sich gemütlich gemacht. Mit Sherry. Gaias Mutter hat schon rote Backen.
»Hallo! War's schön in der Schule?«
»Wir machen Drachen«, erzählt Gaia und nimmt einen Spekulatius. »Meiner wird gold mit Flitter.«
»Und deiner Maartje?« fragt Maartjes Mutter.
»Hm«, sagt Maartje. »Kann ich zwei haben?«

»Nein, du kannst keine zwei haben. Du mußt abnehmen, das weißt du.«
»Ist sie auf Diät?« fragt Gaias Mutter.
Nicht schon wieder, denkt Maartje. Aber ihre Mutter ist nicht aufzuhalten. Sie erklärt haargenau, wieviel Maartje wiegen sollte. Und wieviel sie tatsächlich wiegt. Und was der Schularzt dazu gesagt hat.
»Maartje will fliegen«, sagt Gaia und steckt den dritten Spekulatius in den Mund.
Maartjes Mutter will nun alles genau wissen. Maartje erzählt von dem Flieger aus dem Buch.
»Das kannst du dir aus dem Kopf schlagen«, sagt ihre Mutter erschrocken.
»Das hat Hans auch gesagt«, sagt Gaia zufrieden. Sie schaut auf die Uhr. »Gott, Mama! Wir müssen heim. Ich habe heute Ballett-Abend.«

»Warum guckst du so böse, Maartje? Ist was?« fragt ihr Vater, als sie abends am Tisch sitzen. Egbert, der zum Abendessen dageblieben ist, stichelt: »Vielleicht hat ihr Timmi einen Korb gegeben? Aber nein, heute ist es natürlich wegen dem Fliegen.«
»Fliegen?« fragt Maartjes Vater.
»Ach, nichts!« sagt Maartje schnell. »Wir bauen Drachen in der Schule.«
»Und sie will sich selbst dranhängen«, erzählt Egbert. »Aber sie darf nicht, sagt Hans. Ist auch besser, oder Pummel?«
Wieder dieses Wort.
Jetzt reicht's.

Maartje nimmt eine Tomate vom Teller und wirft sie Egbert an den Kopf. Der duckt sich, und die Tomate fliegt an die weiße Wand. Platsch. Danach sind alle so beschäftigt mit Schimpfen und Geschimpftwerden und Wand-saubermachen, daß keiner mehr vom Fliegen redet.

Angst vor Fliegen

Tagelang arbeiten sie an den Drachen. Wenn alle fertig sind, will Hans auf dem Fußballplatz ein Drachenfest machen.
Maartje arbeitet verbissen. Sie läßt sich auch nicht durch den Spott der anderen stören. Hans hilft ihr, redet aber ständig davon, wie gefährlich Drachenfliegen ist. Und wieviel Tote es dabei schon gegeben hat.
Maartje läßt alles über sich ergehen und klebt das soundsovielte Hölzchen fest.

In der Nacht vor dem Drachenfest schläft Gaia bei Maartje, weil ihre Eltern auf ein Fest gehen.
Maartje mag das gern, abends im Dunkeln noch gemütlich quatschen und Witze erzählen. Plötzlich fragt Gaia:
»In wen bist du denn verknallt?«
»In Tim,« sagt Maartje.
Das ist wahr. Irgendwie ist es passiert. Fast aus Versehen. Aber sie hätte es lieber nicht sagen sollen.
»Tiiiim?« fragt Gaia. Mit einem ganz langen ›i‹. »Tiiiim! Aber der ist doch in mich verliebt!«
Maartje hat Angst, aber trotzdem fragt sie: »Woher weißt du das? Hat er es dir gesagt?«
»Na ja, so genau nicht. Aber das weiß ich einfach. Solche Sachen merkt man doch.« Gaia klingt sehr

überzeugt. »Aber ich werde ihm das nicht erzählen, das von dir«, sagt sie beruhigend.
Maartje glaubt ihr kein Wort. Sie grübelt, bis sie endlich einschläft.

»Das ist ein prima Drachenwetter«, sagt Hans, als sie morgens in die Schule kommen. »Auf zum Fußballplatz!«
»Was ist mit Maartjes Flieger?« fragt Gaia.
»Den nehmen wir mit«, sagt Hans. »Der ist verdammt gut geworden.«
Und vorsichtig tragen sie den großen Flieger aus dem Schulhaus.

Eine Menge Eltern sind am Fußballplatz. Leute, die zufällig vorbeikommen, bleiben stehen und gaffen. Und die anderen Klassen haben frei bekommen, um sich die Drachen anzuschauen. Es ist voll.
Maartjes Flieger ist wirklich verdammt gut geworden. Selbst Egbert muß das zugeben. Dauernd schaut er sie an, als wollte er sie etwas fragen. Und Maartje tut so, als merkte sie nichts davon. Aber der strahlende Mittelpunkt ist Gaia mit ihrem Gold-Glitzer-Drachen. Tim rennt mit seinem Kampfflieger um sie herum und ruft: »Jamaikanoto! Jamaikanoto!« Hans packt ihn an der Schulter. »Kannst du nicht einmal den Mund halten?« fragt er. »Was bedeutet dieses verdammte Geschrei?«
»Jamaikanoto? Ganz einfach. Das ist japanisch und heißt Kampfflieger, Herr Lehrer.«

Tim hat sein Chorknaben-Gesicht aufgesetzt, und Hans schüttelt den Kopf.
»Fangen wir an«, sagt er und geht zum Mittelfeld.
In diesem Moment schaut Gaia kichernd zu Maartje herüber und steckt Tim einen Zettel zu. Tim liest ihn, schaut hoch, liest noch einmal. Dann kommt er auf Maartje zu.
Maartje würde am liebsten im Erdboden versinken.

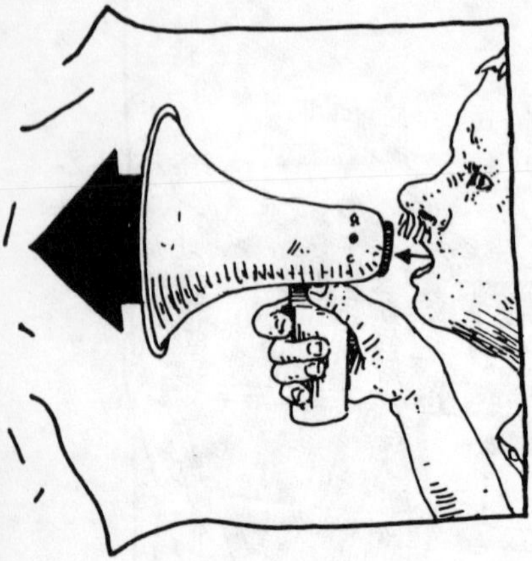

Zum Glück ruft Hans jetzt durch's Megaphon, daß alle auf sein Zeichen hin ihre Drachen steigen lassen sollen.
Alle außer Maartje.
Die soll zuschauen.

Nein, denkt Maartje, das tut sie nicht.
Vorsichtig trägt sie den Flieger zum Park neben dem Fußballplatz.
Mitten im Park ist ein Hügel. Im Winter ist er gut zum Schlittenfahren.
Langsam schleppt sie sich nach oben. Es ist warm. Sie schwitzt. Das Gejohle vom Fußballplatz wird immer leiser. Oben auf dem Hügel bleibt sie stehen. Ihr Herz klopft, daß sie es fast bis in die Zehen spürt.
Die toten Flieger von Hans fallen ihr ein. Aber sie will nicht daran denken. Sie holt tief Luft. Jetzt oder nie! Dann nimmt sie Anlauf, springt und fliegt.

Maartje fliegt!
Vielleicht sind es in Wirklichkeit nur ein paar Sekunden. Aber für Maartje dauert es Stunden. Der

Wind bläst ihr ins Gesicht und zaust ihr die Haare. Ich schwebe, denkt sie. Das ist Glück! So fühlt sich das an! Dann kracht sie auf die Erde. Komisch ist nur, daß sie das kaum merkt.
Maartje sieht Tim und Egbert erst, als sie schon vor ihr stehen. Benommen schaut sie hoch. Um sie herum liegen zerbrochene Flügel.
»Was wollt ihr?« fragt sie.
Egbert grinst. »Du hast doch nicht wirklich geglaubt, daß ich nicht gewußt habe, was du vorhast«, sagt er. »Und Tim ist mitgekommen für den Fall, daß du ganz kaputt bist.«
Tim deutet auf Maartjes Knie. »Tut es sehr weh?« Das Knie blutet.
»Ich merke überhaupt nichts davon«, sagt sie verblüfft. »Habt ihr's gesehen? Wie ich geflogen bin?« Die Begeisterung ist wieder da.

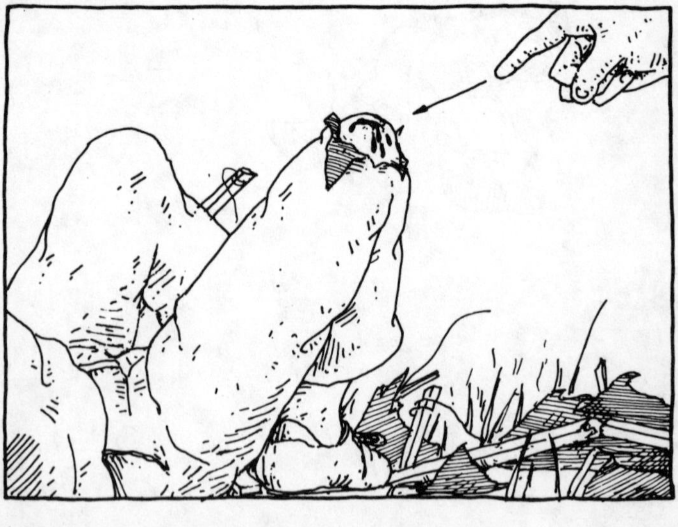

»Du bist gefallen«, sagt Egbert und fängt an, die Reste des Fliegers aufzusammeln.
»Und sie ist doch geflogen«, sagt Tim. »Geh schon mal vor, Eggie. Wir kommen nach.«
Und Egbert geht auch noch.

»Brauchst du ein Taschentuch für dein Knie?« fragt Tim und langt in seine Tasche. Ein Zettel fällt auf den Boden. Der Zettel.
Vor einer Ewigkeit hat Gaia ihn Tim zugesteckt.
»Was steht drauf?« fragt Maartje.
Jetzt wird Tim rot.
»Schau selber nach.«
Maartje liest: »Der Pummel ist in dich verliebt.«
Maartje bleibt ganz ruhig.
»Na und?« fragt sie, während sie sich das Taschentuch ums Knie bindet.
Tim stottert: »I-ich . . . also ich . . . Ja, ich wollte wissen, ob du wirklich . . .«
Er schafft es nicht.
»Sollen wir einen neuen Flieger bauen?« fragt er schnell. Er bohrt mit seinem Fuß in der Erde herum. Traut sich nicht, Maartje anzuschauen.
»Ja«, sagt Maartje. »Gehen wir jetzt zurück?«

Langsam schlendern sie durch den Park. Tim redet die ganze Zeit vom neuen Flieger. Maartje sagt gar nichts. Das glückliche Gefühl ist immer noch da. Warte nur, Welt, ich komme, denkt sie und lacht. Humpelnd geht sie zu den anderen.

Schmökergeschichten

Gruseliges und Gespenstisches, Abenteuerliches und Phantastisches für schaurigschöne Schmökerstunden.

Das beste Buch der Welt
Geschichten
(rotfuchs 580 (ab 11 Jahre)
In diesem Buch treten eine neue Meisterdetektivin und ein kluges Pferd auf, abenteuernde Kinder, ein verschnupfter Geist und Internatsschüler – Wunschgeschichten von jungen Lesern.

Ursel Scheffler / Jutta Timm
Üxe, der Fischstäbchen-Troll
Kindergeschichte
(rotfuchs 553 / ab 10 Jahre)
Hallo, lieber Üxe! *Malte schreibt dem Fischstäbchen-Troll. Eine Freundschaftsgeschichte*
(rotfuchs 661 / ab 10 Jahre)
Wenn Malte an den Fischstäbchen-Troll Briefe schreibt, kann er Sorgen, Einsamkeit und Liebeskummer loswerden. Malte wünscht sich, Weihnachten zu den Großeltern zu fahren und Üxe dort wiederzutreffen.

Valentine Ermatinger
Die 13. Prophezeiung
Erzählung
(rotfuchs 537 / ab 11 Jahre)
Ein sonderbarer Fund an einer Burgruine: Ein Buch aus dem Mittelalter mit 13 Prophezeiungen, von denen sich 12 bereits erfüllt haben...

E. Kahlert / A. Glienke
Vorsicht, Gespenster!
(rotfuchs 460 / ab 9 Jahre)

Irina Korschunow
Wenn ein Unugunu kommt
(rotfuchs 269 / ab 10 Jahre)

rororo rotfuchs

Jo Pestum
Die Hunde von Capurna
Abenteuerstories aus fernen Ländern
(rotfuchs 636 / ab 12 Jahre)
Nervenkitzel, Thrill, starke Pointen, kongenial illustriert von Klaus Ensikat.

Michael Morpurgo
Als die Wale kamen *oder das Geheimnis des Vogelmanns*
(rotfuchs 620 / ab 12 Jahre)
Gracie und Daniel freunden sich mit dem geheimnisvollen Vogelmann an. Hat er mit dem Fluch, der auf der Nachbarinsel lastet, zu tun?

Joachim Hartenstein
Die Flügel des Adlers
Weg in die Wildnis
(rotfuchs 672 / ab 10 Jahre)
Auf einer abenteuerlichen Flucht vor Monsterbackes Gang geraten Jork und Jana in die Hände dreister Betrüger. Ohne Red Cloud, den geheimnisvollen Mann aus Dakota, wären sie rettungslos verloren...